新潮文庫

1ミリの後悔もない、はずがない

一木けい著

新潮社版

11298

目次

１ミリの後悔もない、はずがない

西国《にしこく》疾走少女

イカの胴体に手を突っ込んで軟骨をひっぱり出した。粘着質な音が響いたわりに水分は流れてこない。残っている内臓をこそげ出そうと、もう一度手を差し入れた。あれ、と思う。ざらりと手に吸い付いてくる感触。軟骨は取り除いたはずなのに、そこにもうひとつ硬い何かがある。強くつかんで、一瞬ためらった。不安の波が押し寄せる。いったい何が出てくるのだろう。

ひと息に引いてみる。

ずるりと引きずり出したものには、目玉がついていた。肌が一気に粟立《あわだ》つ。とっさに手放したそれが、シンクにごろんと転がった。

丸々と太った魚だった。表面を覆《おお》う鱗《うろこ》の一枚一枚が、照明を反射して光っている。眼球はいきいきしている。でも死んでいた。

速い鼓動のまま、魚をじっと見下ろす。

イカの体内に入りきるぎりぎりの大きさだ。イカの口はちいさいのに、この魚は、どうやってここに入り込んだんだろう。いや、それよりも、どうやってここに留まったんだろう。イカは知っていたんだろうか。自分の中に、ずっとそれがあることを。まな板の上、イカの胴から、体液があふれ出てくる。堰《せ》き止めていたものがなくなり、どろりと伸びて、広がる。白く濁った液体は、辺りに青い匂《にお》いを放った。

イカなんて何度もさばいたことがあるのに、魚が出てきたのははじめてだった。はじめての経験はいくつになっても怖《おそ》れを伴う。ふっと、桐原《きりはら》のことを思い出した。

脳の奥から、あの日々がじわじわと染《し》み出してくる。最初は雪解け水のようだったのが、徐々に勢いを増し、ついには濁流となってわたしの脳をめぐりはじめる。

となりで笑っている桐原、バス停に立ちこちらを見つめる父の姿、理不尽な大人たちの言葉。遠くから、自分の息切れが聴こえてくる。

中学生だった。わたしはスカートをひるがえし、夜の西国分寺《にしこくぶんじ》駅に向かって疾走していた。恐怖などない。もうすぐ桐原に会える。ただその悦《よろこ》びだけ。サバンナを駆けめぐる動物のように、前を見て地面を蹴《け》っていた。頬が熱《ほて》り、吐く息が湿った。あのころ、桐原といないときはいつも走っていたように思う。ゆっくり過ぎてほしい時間なんて、桐原といるときだけだった。月も星もない暗闇《くらやみ》を突き進んでも、不安はなかった。まわりの風景もどうだってよかった。怖い大人の存在など頭をよぎりもしなかった。まだ、誰かをうしなうことについて真剣に考えたこともなかった。
耳元でよみがえる息切れは、いつのまにか自分のものから桐原のそれに変わっている。

1

当時のわたしは、母と妹と三人で暮らしていた。西国分寺駅から十五分ほどの場所にある一軒家で。一軒家といってもおもちゃみたいな木造の平屋で、部屋はふたつしかなかった。細い路地をはさんだ向かいには大家さんの畑があり、その先に武蔵野《むさしの》線の線路が走っていた。電車の音は夜遅くまで響いており、そのたびに我が家は軽くゆれた。右隣にはとある宗教の信者一家が暮らしていて、土曜の夜にはいつも荘厳《そうごん》な宗教歌が聴こえてきた。左隣にはうわさ好きの老婆《ろうば》が住んでおり、父が家を出て行ったときは何かと詮索《せんさく》してきた。それを母が露骨にいやがったので、それ以来、老婆と交流はなくなった。とにかく狭くて古い家だった。トイレはかろうじて水洗だったが和式で、なぜかトイレットペーパーホルダーが後方にあった。そんな家に、わたしは小学校六年から高校一年まで住んだ。

桐原を思い出すとき、まず脳によみがえるのは喉仏《のどぼとけ》だ。まさにできたてのそれは、他の男子より妙にでっぱって色っぽかった。桐原が歌うとき、笑うとき、つばを飲み込むとき、そのでっぱりは、コリ、コリ、と上下に動いた。なまめかしく、ゆっくりと。

中二の四月、わたしの左の席に腰を下ろしたのは金井という陽気な小太りの男子だった。金井とは一年のとき委員会が同じだった。金井はいつものように下ネタを二、三しゃべってから教室を見回し、自分の列の後方に知り合いを見つけ手を振った。手をあげ返した彼のことを「桐原っつうの」と金井は言った。「一年の三学期に私立中から編入してきたんだよ」

生徒たちの椅子《いす》がガタガタと鳴って、わたしと金井は前を向く。中年の理科教師が入ってくるところだった。またこの人が担任かと暗い気持になる。わたしは一度、彼に家の事情を相談したことがあった。個人面談のとき、前のめりで親身になって聴いてくれたからだ。担任は言った。「じゃあ今日、おれがおうちの人に電話してやろうか」その瞬間、おおげさでなく彼に後光が差して見えた。わたしは、すがれる手を探していたのかもしれない。その日は帰宅してからずっと電話を見てすごした。電話は結局鳴らなかった。翌日、わたしの顔を見て担任は「あ」と気まずそうな表情を浮かべたが、何事もなかったように授業に入った。それ以来わたしは大人を信じるのをやめた。

担任がチョークで自分の名前を書いているすきに、さっき見た桐原という男子をふりかえる。何か心にひっかかるものがあって、その正体を確かめたかったのだ。桐原の後ろの席の子が、黒板を見るために身体《からだ》を横にずらしている。桐原の脚は机に納まりきらず、通路にはみ出していた。朝の味噌汁《みそしる》に入れるアサリみたいに。そのはみ出した分くらいしか他人を受け入れない、容易に心を開かない頑《かたく》なさが、上履きの先からにじみでていた。その後彼には教室でいちばん高い机が与えられたが、それでもいつも窮屈そうだった。

なぜ桐原に惹《ひ》かれたのか。どんなに考えをめぐらせても、色気としかいいようがない。色気を感じる相手は人それぞれだろうが、それは感じるものであると同時に、細胞や遺伝子の叫びのような気がする。その男とつがえという自分の核からの命令。でも中二のわたしがそこまで考えたはずはなく、ただ生き物のメスとして、順調に繁殖への準備をしていたということだと思う。

最初の席替えで、わたしたちはとなりの席になった。番号の書かれた紙を手に机を移動すると、そこに桐原がいたので耳が熱くなったことを憶《おぼ》えている。机を合わせると、その段差のあまりの激しさに、同じ班になった金井が手を叩《たた》いて大笑いした。そういうとき桐原は「うるさいよ」と笑いながらたしなめるのだった。桐原のリュックは大きく、よそよそしかった。消しゴムは清潔で未知。桐原に属するものすべてがまったくの異物で、艶《つや》めいて感じられた。

桐原は長い脚を持っていたが、走るのは速くなかった。バスケ部でも補欠だった。放課後、校庭を走る桐原を、教室から眺めた。疲れてきたときにうっすらひらく口が色っぽかった。桐原の黒髪は毛量が多く、すこし縮れて扱いにくそうだったのだが、その髪から汗のしずくが飛びちる様は、スローモーションでわたしの胸に染みこんだ。

二学期、となりの席になったのはまた金井だった。桐原とは遠く離れてしまいざんねんだったが、休み時間になると彼は金井のところへ雑談しにくるようになった。わたしがいないとき、桐原はわたしの席に座っている。それは椅子だったり机だったりしたが、彼の身体とわたしの持ち物が触れている面を目にするだけで胸が高鳴った。戻ってきたわたしに気づくと桐原は「あ、ごめん」と言って立ち上がる。桐原の腰のベルトの位置は、クラスの誰よりも高かった。

そのうちに、桐原と金井とわたし、それからミカという女子バスケ部の子と四人でいることが多くなった。しゃべるのはいつも金井とミカ。ふたりは同じ小学校から来た顔なじみだった。技術の時間には、よくミカが林檎《りんご》味の大玉のアメをくれた。シュワシュワするそれを舐《な》めながらわたしたち四人は、木材を削ったり何かの図を描いたりした。ミカは茶髪でこっそりピアスを開けていて、よく授業中にウォークマンで音楽を聴いていた。イヤフォンを肩からブレザーの袖《そで》に通して、ひじをついていれば傍目にはわからない。問題は指名されたときだ。ちかくにいる子がミカをつついて教えるのだが、そういうとき音楽が耳に流れているままのミカは「ハイッ！」と必要以上に大きな声を出すので、たまにばれてウォークマンを没収されていた。金井は英語の時間に「6」と言わなければならないときに必ず「セックス！」と言ってクラスの笑いと先生の怒りをかっていた。わたしと桐原はそんなミカや金井をなだめる役回りだった。職員室へ行くのにつきあったり、まったく授業を聞いていない彼らにノートを見せたりするのもわたしと桐原だった。

「二階ついてきて」とミカはよく言った。バレー部の高山先輩の姿をこっそり眺めるために、三年生の廊下をあてもなく歩いた。自分だけミカの好きな人を知っているのも悪いかと思い「わたしの好きな人は桐原なんだ」と言うと「知ってる、由井《ゆい》を見てれはわかる」と笑われた。

2

中二の三学期は、幕開けからして気の滅入るものだった。始業式に桐原は欠席で、さらに、家に帰るとポストに茶封筒が入っていた。差出人は聞いたこともない地名の役所。いやな予感がする。みぞれ混じりの雨が運動靴の先端を濡《ぬ》らしていた。

「ただいま」

声をかけると、せんべい布団《ぶとん》の中で漫画を読んでいた妹の梢《こずえ》は目だけこちらに向けて「うん」と言った。毛布と敷布団の隙間《すきま》から、こもったような甘酸《あまず》っぱい匂いがする。畳には取り込んだ洗濯物が何かの巣のように山になっていて、シンクには、濡れたまま長い時間放置された丼《どんぶり》やプラスチックのカップが積み重なっていた。

黄ばんだふすまを開けると、居間のこたつの上に母のメモがあった。「おかえり。米、パン、ビール。よろしく」隅にちょこちょこっとわたしの似顔絵が描いてあり、腹が立つくらい特徴をとらえている。手早く着替え、通学用シャツとソックスを手洗いして干してから、傘を差し自転車で生協へ行った。買い物を済ませて戻ってくると、米を研いだ。それからこたつに入り、生の食パンを食《は》みながらそっと茶封筒の糊《のり》を剝《は》がした。

父の生活保護申請に関する書類だった。内容は金銭的な援助ができないかどうかの確認。一番下に「万が一、金銭的な援助がむりでも精神面での支えをお願いします、手紙を書くとか電話をかけるとか訪ねて行くとか」というようなことが書いてあった。脳みそが爆発しそうな感覚があり、続いて猛烈なめまいに襲われた。ああ、と声がもれてこたつにつっぷす。

それから数時間後、同じ場所で母がビールをのんでいる。傍らにはあの書類があり、母はペンを指に挟んだまま鼻をすすっていた。うすく開いたふすまから漏れてくるひとすじの光がわたしの手の甲に乗っている。居間には低くコルトレーンが流れていた。テナーサックスの旋律に紛れ込ませるように、母は声を殺して泣いているようだった。そっとふすまを閉じて、音を立てないように窓際《ぎわ》まで歩く。カーテンの隙間から、粉雪が舞っているのが見えた。視界がひどく悪い。武蔵野線が通過すると雪はぶわっと舞い上がり、また降りてしんしんと積もった。しばらくその景色を眺めていた。

肉体が、内側からパンと張っている感覚があった。日々変わっていくわたしは、この自分こそが自分であるという実感がない。自分の本当に欲しているものが何かもわからない。でもとにかく外へ出たい。酸素が薄くて息苦しいから。壁を爪《つめ》で削ってみる。砂がポロポロ落ちてくる。外に出たい。夜の街を歩いてみたい。西国分寺駅まで行って帰ってくるだけでもいい。夜の空気は自由な感じがする。日常は不自由ばかりだ。でもわたしはまだ十四歳で、ひとりでは生きていけないからここにいるしかない。自分では何も変えられない。自分ひとり養えるくらいのお金を、稼げるように早くなりたい。ほしい服を買って、食べたいものを食べて、いっしょに暮らす人と仲良くしていたい。

朝になると干した衣類の乾き具合を確認する。シャツは乾きやすい。問題はソックスだ。天候によっては乾き切らない。仕方なく湿ったままのソックスを履いて、暗澹《あんたん》たる気持で運動靴に足を入れる。父の生活保護に関する書類を、母にたのまれてポストに投函《とうかん》した、その足でわたしは二泊三日のスキー教室へ行った。

集合場所の校庭に行くと、桐原がはじめてメガネをかけていた。縁のない、すっとしたデザインのそれは彼の横顔をさらにうつくしく見せた。一気に世界がきらめく。見惚《みと》れていると、ちょっと聞いてよとミカが体当たりしてきた。

「昨日衝撃的なもの見ちゃった」

「なに」

ミカは周囲をさっと見回すと、声を落とした。

「高山先輩が西国《にしこく》の駅前にあるスーパーでエロ本立ち読みしてた」

笑うのと同時に号令の笛が鳴って、バスに乗り込んだ。ミカにもらった林檎味のアメを舐めながらわたしたちは最後列でUNO《ウノ》に興じた。金井がわたしと桐原を交互に見て、にやにや笑いながら言った。

「おまえたち、もうやったの?」

「あんた最低」とミカが金井の腹をぶった。「やるわけねーじゃん、つきあってもないのに」

「ふん、ミカはお子様だな」金井は大人ぶり「やるときって、こういう音がするらしいよ」と両手を打ち鳴らしたり「あれを二十回やると子どもが一人できるらしいから、ちゃんと明るい家族計画しろよ」とよくわからない助言をしてきたりした。

「デタラメばっか言ってんじゃねーよ」

「まじだってミカ。ほら、ここに書いてあんじゃん」

金井はかばんからぱっとエロ本を出して開いて見せた。

「こんなもん、スキー教室にまで持ってくんじゃねーよ」

「オレにとってこれは刀。武士は丸腰では戦わないからな」金井はキリッとした顔つきで胸を張った。

「その使い方合ってんの？　あたしばかだからわかんないけど」

「違うんじゃないか？」と桐原が笑った。「な？」

「たぶん、違うと思う」とわたしも同意した。

「あんたさあ、こういうの、レジに持ってくとき恥ずかしくないわけ？」

「全然。堂々と持っていく。おい桐原、西国の駅前にちっちゃいスーパーあんだろ、あそこ、おすすめだぞ。なんか妙にエロ本が充実してんだよ」

顔をしかめたミカの背中を、心をこめてさすった。

「これ、桐原にも貸してやるからな」

「俺はいいよ」

「ええかっこすんなよ。あ、でもオレ人妻専門で、中学生とか高校生じゃイケないんだよ。だからこのエロ本じゃ、桐原むりかも。人妻様はまじですげえんだ」

「しらねーよ」ミカがエロ本をひっつかんでバスの真ん中に向かってぶん投げた。金井が慌《あわ》てふためいた拍子に吹き出したアメが、通路を転がり落ちていく。

スキーのレベル分けで、桐原は最上級のA、わたしは超初心者のDクラスだった。食事の席も決められていて、びっくりするくらい遠かった。

スキーウエアも手袋もブーツも、もどかしいほど分厚いのに、簡単に雪が染みてきた。耳も鼻も指先も、濡れてかじかんでじんじんした。ゲレンデに大音量で流れるポップスを聴きながら、わたしは目で桐原ばかり探した。

最終日の夜、夕食の食器を下げるときに「今夜ここにふたりで来てみない？」と桐原に提案した。その声は高揚した生徒たちのざわめきにかき消された。「ん？」と言って桐原は、腰をかがめるようにして耳を近づけてきた。わたしは足がつりそうなくらい背伸びして、同じことを繰り返した。胸がつぶれそうにどきどきした。なんでそんな案が出せたのかわからない。口から言葉がこぼれ出てしまった。急に恥ずかしさがこみあげてきてうつむくと、畳の上、桐原のソックスに指の形が浮いていた。その大きさにまた心臓が跳ねる。金井がぬっとあらわれ、親指を立てながら長テーブルの向こう側を通り過ぎていった。桐原はびっくりしたような顔をしたが、すぐにあのいつものゆったりした笑顔になって「いいよ」とわたしだけに聞こえる声で言った。

消灯後しばらく経《た》ってから、見回りに来る先生の目をぬすんで、部屋を出た。廊下にはくすんだ赤色のカーペットが敷き詰められている。湿ったような、黴臭《かびくさ》い匂いがした。足音をさせないように歩いて、階段をおり、大食堂に行った。。

障子をあけると、夕刻とは全然違う風景がひろがっていた。窓辺に立つ数えきれないほどあったテーブルはすべて折りたたまれ、壁に立てかけてある。中へ進んでいき窓辺に立つと、しんとしずまりかえった雪山が見えた。きれいな月が出ている。遠くにヨーロッパのお城のようなものがあると思って目をこらすと、それは黒く陰った樹木だった。

背後で障子があいて、ふりかえると桐原が立っている。縦に長いシルエット。目が合うと彼はホッとしたように笑い、何も言葉を発さずに長い指を部屋の隅の方に向けた。わたしはうなずいてそちらへ向かう。障子を後ろ手に閉め、桐原がスリッパを脱いで上がってくる。桐原の体重で畳がきしむ。距離が徐々に近くなる。その一歩ごとに興奮で上あごが痺《しび》れた。わたしたちはくすくす笑いながら歩いて、大きな部屋のいちばん端に腰を下ろした。距離を置いて横にならんで壁にもたれ、他愛《たわい》もないことを話した。桐原はあごも喉も手の指もひざも尖《とが》って硬そうで、完成に近づいている肉体、という感じがした。

あの日しゃべった内容はほとんど記憶から消えてしまったが、ひとつだけ明確に憶えていることがある。それは「うしなった人間に対して1ミリの後悔もないということが、ありうるだろうか」というものだ。桐原が発した問いだった。なんの話からそういう流れになったのかわからない。わたしがどう答えたかも憶えていない。答えてすらいないかもしれない。あのときは、まだ誰もうしなったことがなかったから。けれど桐原は確かにそう訊《き》いた。その一文を、わたしはその後の人生において、何度も、折りにふれて思い出すことになる。

真夜中の大食堂で、桐原の声は、わたしの耳から入って脳に送られ、身体いっぱいに満ちた。話し方のくせや、声のトーン、えらぶ言葉。このあとしばらくだれとも話さないで、桐原だけをわたしの中に残しておきたいと思った。

どれくらいの時間が経ったのか、廊下が騒がしくなってきた。大人たちの怒鳴るような声がして、スリッパの音が高く行き交う。桐原とわたしは顔を見合わせた。部屋を抜け出したのがばれたのだとわかった。出て行ったほうがいいねと桐原が立ち上がり、入り口まで歩いていった。小走りについていく。桐原が、迷いのない、流れるような動作で引手に指をかけた。

その瞬間、障子が向こう側からばっとひらいた。

こめかみに血管を浮かせた担任が目を剝《む》いている。わたしたちが何か言うより先に担任は、大きく振りかぶって目の前にいた桐原を拳《こぶし》で殴った。それから同じようにわたしのことも殴った。暴力には免疫があったのでさほどの衝撃はなかった。気持にはなかったが、身体は吹っ飛んだ。桐原は飛んだわたしをふりむいてから「女の子に暴力ふるうのってどうなんですか」と歯向かった。そのために今度は腹部を蹴り上げられるはめになった。それでも桐原は止めなかった。

「ルールを破ったからって、暴力をふるっていいことにはなりません。弱い者を力で押さえつけるなんて、先生は卑怯《ひきょう》だ」

睨《にら》み合う桐原と担任の横で、わたしはかつて味わったことのない多幸感に包まれていた。桐原がかばってくれた。強い大人に屈せず向かっていってくれた。わたしが傷つくことに対してノーと言ってくれた。自分がなにか、もろく壊れやすい、大切なものになったような気がする。

ぽた、ぽた、という音に気づいて桐原が全身をこわばらせた。ふり返った彼が見たのは、畳に落ちるわたしの鼻血だった。桐原の目に強い怒りが灯《とも》る。鳥肌が立った。憤怒《ふんぬ》に支配された桐原は、ぞくぞくするほど妖艶《ようえん》だった。痛みなど意識を集中させれば消せるし、桐原がわたしのために怒ってくれているし、そんな桐原は色っぽいしで、わたしに切迫感はまるでなかった。ただ桐原を見ていたかった。桐原がふるえる唇をひらいて何か言いかけたとき、担任のうしろから体育教師がやってきて、桐原をどこかへ連れて行った。

わたしは担任に上腕をつかまれ、むりやり歩かされた。廊下に、なにかの目印のように血のしずくが点々と残った。入れと言われ背中を押されてひざをついたのは、狭い和室だった。担任はドアを閉めると唾《つば》を飛ばして怒鳴った。

「あんなところにふたりでいたら、男がどういう気持になるかわかってんのかっ！」

大笑いしそうになった。先生はどんな気持になるんですか？　どうして大人たちはいつも、男の気持についてばかり話すのだろう。この世界は男の気持で回っているのか。

感情の昂《たかぶ》った担任は、朝まで同じ説教をくりかえした。「桐原とおまえはこういうことをやるタイプじゃないと思ってたよ。おまえたちは先生の信頼を裏切ったんだ。おまえたち、これからそういう目で見られるんだよ」親にも連絡するからなと脅してくるので、はいと答えたら「いいのかよ」と拍子抜けしたような顔になった。「親父《おやじ》さんに連絡がいったら困るだろ」とも言う。こんなときだけ本当に電話してくるならそれはそれでおもしろいと思った。彼の言葉はなにひとつ響いてこなかった。

「おれも親のはしくれだからね、おまえのうちでいろいろあって大変なのは理解できるよ。おまえが素直になれないのもわかる」担任はときおり、わたしを懐柔するような甘い声を出した。こういう発言がはじまるたびに脱力した。大人がこんな風に話しだすとき、あとに何か意味のある内容が続くことはまずない。「わかるけどね、この世に生まれただけでありがたいと思いなさいよ」ほらね。わたしは担任を見ながら見ないで、心を無にして聞き流す。「しかもこんな健康体に産んでもらっといて。それだけで感謝すべきことなんだよ。おまえ、勉強だってできるじゃないか。こんなことで内申落としたらもったいないだろう」

この人はいったい何を言っているのだろう？　話にならない。けれど自分の意見を言うことはしなかった。無駄だから。

翌日のレクリエーションには桐原とわたしだけ参加できず、それぞれひとり、和室で反省文を書いていた。謝れと言うので謝るだけ。くだらない。なんてくだらない。目を閉じて余韻を楽しもうとしても、せっかくわたしの中をいっぱいにした桐原の声に、担任の甲高い罵声《ばせい》がかぶさってしまう。足音が聴こえてくる。さっと正座して神妙な顔を作り、えんぴつを動かす。担任は「殴られる頬より殴る手の方が何倍も痛いんだぞ」と意味不明なことを述べたあとに「まあ今回のことは桐原が誘ったようだから、おまえはこれでいいよ」と反省文を受け取った。

ペナルティとして、桐原とわたしは帰りのバスの最前列に座らされた。運転席のまうしろで、桐原が窓際。わたしが通路側。乗り込んできた金井がわくわくした顔で

「ついにやったか」と耳打ちしてきた。「つきあってないのにやるかっつってんだろ」とミカが金井の後頭部を思い切りはたいた。バスの中でクラスメイトはカラオケやゲーム大会で盛り上がっていたが、わたしと桐原は腫《は》れた頰を隠すようにひじをついて黙っていた。どうということもなかった。そもそもこれは全然、ペナルティになっていない。ゆうべの大食堂より距離が近くてむしろうれしかった。

「そろそろ」と桐原がささやくように言った。桐原がしゃべると、わたしの耳はそちら側にひきつれた。車内がどっと笑いで震えた。その陰でひっそりと桐原は言った。

「そろそろつきあおうか」

放課後、待ち合わせてふたりで帰っていると、金井に「時計の長針と短針みたいだなあ！」とからかわれた。桐原は、優しい目でわたしを見おろした。手は大きく、指は長く、動きはゆったりしていた。豊かな黒髪のえりあしは清潔で、着ているシャツも常にパリッと真っ白だった。朝も夕もしゃべった。母のいない時間には長電話もした。公衆電話からかけることもあった。それでも足りなかった。わたしたちはもっと近づく方法を知らず、ただむさぼるように会話した。いつも電話を切るのに時間がかかった。せーので切ろう、と言ってもどちらも切らない。じゃんけんで決めることもあった。そうしてついに桐原が切ってしまうと、その瞬間、茫漠《ぼうばく》とした恐怖に全身が支配されて動けなくなった。もしもわたしが先に切ってしまうとしたら、桐原はこういう思いを抱くのか。そう思うと次にはもっと切れなくなった。

わたしにとって桐原は、いいことなどなにひとつないこの世界ではじめて得た宝で、生きているという実感そのものだった。

3

試験前にはすこし遠回りして帰った。中三に上がって急に数学が難しくなった。公式の導き方がよく理解できないと話すと、桐原はガードレールに腰掛けて、ノートに記しながら説明してくれた。薄い、整った筆跡で。ブレザーの袖口から見える桐原の手首は、外側の骨がぽこっと出ていた。破って渡してくれたそれを、わたしは筆箱に大切にしまった。

桐原が立ち上がると、わたしに当たる太陽の光がすくなくなる。

「背の高い人は、いっぱい寝ないといけないいんだって」

「へえ、知らなかった」

「昔うちのお父さんが言ってた。重力に逆らう高さがどうとか、そういう理由だったと思うけど。もっとちゃんと聞いておけばよかった」

「いや、なんか、それはわかる気がする」桐原はうなずいてから「お父さん頭いいんだな。いろいろ教えてくれるんだな」と、目を細めて言った。

武蔵野線の高架下で桐原とわかれて、幸福百パーセントで家に帰ると、梢が布団を頭からかぶって泣いていた。傍らには鳴りっぱなしの電話。こんな風に鳴らすのはだれか、訊かなくてもわかった。一気に絶望百パーセントに落ちる。

受話器を取ると、父の妹である叔母は、自分の身内が生活保護を受けるなんて世間様に顔向けができないとまくしたてた。わたしはただ聞いた。この人に何か意見する気力など、とうの昔に消え去っている。言いたいことを言ってしまうと、叔母はネコナデ声を出した。

「あんたが生まれたときあたし、本当にうれしかったの。自然と涙が出たのよ。あたしには子どもが産めないから、あんたをたいせつにたいせつに育てようって誓ったの」

またただ。頭の中でアラームが鳴り始める。危険。危険。大人がきれいなことを言い出したら危険。

「正味の話さ、あんたが生まれなければ兄さんはアメリカに留学して研究を続けられたわけ。それを蹴ってまで子どもを育てる道を選んだのよ。知ってる？　あんたが生まれたとき、兄さん、新生児室の窓に張り付いて離れないほどよろこんで」

叔母はわたしの罪悪感を刺激するのが最高にうまい。プロだ。堕《お》ろせという祖母と叔母の命令を母が聞き入れて、わたしがこの世に誕生しなければ、父は学者でいられた。研究のためにならもっと身体や脳を大切にして、健康に留意した生活ができた。けれどわたしたちを育てるためには自分を殺して働かなくてはいけないから、酒に走った。走って溺《おぼ》れて沈んだ。

「あんたたちのために借金までして会社を作って」

その会社が潰《つぶ》れて残った莫大《ばくだい》な借金を母がひとりで返していることを、叔母は知らないのか。それとも見たいものだけを見ているのか。

「育ててもらった恩も忘れて親をすてるなんて、恥知らずにもほどがあるよ。あんたも親になればわかる。人ひとり大きくするって大変なことなんだよ」

なんて言ってるの、と梢が涙目で問うてくる。シーツの敷いてない布団は涙でぐしゃぐしゃになっている。その辺にあったペンをとってプリント裏に書いた。「毒オバ暴走特急」梢はぷっと吹き出す。これ以上叔母の声を耳に入れていたらおかしくなりそうだったので、感覚を遮断し、夕飯を作る手順を頭に浮かべた。

「…ね、親戚《しんせき》みんなそう言ってるのよ。だいたい…のおいちゃんにでも知られたら大変なことよ。親戚中に……それで…これが肝心なことなんだけど……あたしはたぶん…なの。もう長くない…」弁当のおかずも考える。冷蔵庫はほとんどからっぽだ。あ、シャツと靴下を洗わなくちゃ。そうだ、桐原がくれたメモがある。今夜はあれをタイルに貼《は》って、眺めながら食器を洗おう。「だから叔母孝行するなら今のうちよ……ねえ……年上は敬わなきゃ。聞いてる？　年上は、敬わなきゃ！」

大声に意識が無理やり引き戻される。敬う人間くらい自分で決めます。反論する。心の中だけで。反論もできない関係など発展しようもないが、面倒だから。すこしでも意に沿わないことをすると詫《わ》びか感謝を強要する叔母に、もう本心を伝えることはない。

「ぜんぶ、あんたのためを思って言ってんのよ。あんたはひとりで育ったわけじゃない。ひとりで生きてるわけでもない。それに」

タコが墨を吐いている様子を思いうかべる。これは墨。墨だ。タコは墨を吐くものだ。

「親をみすてたりなんかしたら、いつかひどいばちが当たるよ」

涙が流れていることに、しばらく気がつかなかった。梢がわたしの手をぎゅっと握った。はっとしてわたしも握り返す。ふたつの手はふるえているけれど、しっかり繫《つな》がればふるえは倍増しない。ぴたりと止まる。これ以上ない強さで、わたしたちは手を繫いでいる。

4

夜の駅に立っていても、桐原はくっきりと際立ってうつくしかった。二学期のあいだに、桐原はさらに背が伸びたようだ。会えた瞬間、家を抜け出すときの緊張が吹っ飛んだ。

「さむいね」とわたしは肩で息をしながら笑った。夜に会うのがはじめてで、照れくさかった。

「なんでそんな薄着で来たの」笑いながら言って、桐原は着ていたジャンパーを脱いだ。トレーナーのそでがめくれて、腕時計が見えた。黒くてごつごつした、重そうな時計。

着せてもらったジャンパーは、軽くて温かかった。ほんのり香水のような匂いがした。胸のところに、桐原の好きな、外国のバスケットボールチームの赤いロゴが入っている。目的もなく、ならんで歩いて、笑って、桐原の顔を見上げた。桐原はめずらしくよくしゃべった。アメリカのラップが好きでよく聴いているという。わたしも聴いてみたいなと言うと「いいよ」と進行方向を変えた。

桐原の家は大きな二階建てで、車庫があって、白い高級そうな車がとめてあった。玄関の外に灯りがともっていたが、室内は真っ暗だった。道路をはさんだ向かいにちいさな公園がある。わたしはそこに入り、ブランコをこぎながら桐原を待った。

三分ほどで出てきた桐原は黒いパーカーを着て、手に袋を持っている。わたしたちはまた歩いて、西国分寺駅まで戻った。自動販売機の前で桐原は止まり、缶入りコーンスープを買った。がこんと落ちてきたそれを取ると、よく振ってからプルトップを開けて差し出してくる。わたしたちはガードレールに座って、それを交代でのんだ。立ちのぼる湯気で桐原のメガネがくもった。ふたりの笑い声が夜に吸い込まれた。オリオン座が移動するくらい長い時間、そこにいた。

袋の中にはCDのほかに、グレーの布袋が入っていた。あけてみるとチョーカーだった。真ん中にちいさな星がひとつ、光っている。誕生日、合ってる？　と桐原は訊いた。胸が詰まってすぐには言葉が出なかった。我が家では誰かの誕生日を祝う習慣などなかった。プレゼントというものをもらったのは、それが生まれてはじめてだった。クリスマスもひな祭りもない。そういうものだと思っていた。もったいないから、帰ってつける。声を絞り出すようにして言うと、桐原はうれしそうに笑って横顔でうなずいた。

「いま何時？」

「もうすぐ十一時。帰る？」

「うん。帰りたくはないけど」言ったらかなしみが増幅した。

桐原はしばらく何か考えるように黙ってから、右手の指を自分の左手首にあてた。慣れた手つきで時計をはずすと「今度会うときまで持っててよ」と言った。

時計はやっぱり重かった。重みがしあわせだった。家まで送ってくれた帰り道、街灯に照らされた桐原は紛れもなくわたしの光だった。部屋に戻るとまずチョーカーを首にはめた。窓に映して眺める。ゆるむ頬を止められなかった。手首に桐原の時計、耳からは桐原の好きな音楽が流れてくる。ジャンパーを毛布代わりにして、わたしはねむった。信じられないような幸福の中で。

5

自分だけ幸せではいけないような気がして、父に会いに行った。バス停まで迎えに来てくれた父は、想像よりふたまわり痩《や》せていた。目がぎょろりと飛び出て、頬骨が高い。首には毛羽立ったタオル。汗なのか、酸っぱいような妙な匂いがした。

電灯の紐《ひも》を引くと、心もとない光が四畳半を照らした。畳にマイルス・デイヴィスのCDとジョン・グリシャムの小説がちらばっている。ちゃぶ台の上には英字新聞。マグカップの跡が丸く残っている。室内に酒はなく、父ものんでいないようにふるまっていた。けれどわたしはのんでいると思った。それでどうということもなかった。父がわたしのすべてではなくなっていたからかもしれない。

「コーヒーのむか？」

袋入りコーヒーの粉末を空き瓶に移し替えながら父は訊いた。うんと答えて何気なく見ていると、父の手は陸に揚げられた魚のように激しくふるえて、粉を何度もこぼしていた。目を逸らした先に狭いベランダがあり、洗濯物がすこしだけ干してあった。

「ここは日当たりよさそうだね」

「あ？　そうだな、洗濯物はよく乾くな」

「いいね、うちの庭は日が当たらないから。靴下が乾かなくて困る」

「そういうときはな」

と父は顔をこちらに向けた。そのとき動いた喉仏の形が、桐原のと似ていると思った。

「まずバスタオルを用意するんだ。それを広げてな、絞ったソックスをのせる。端からきっちりと巻いていく。そうすると大方の水分は取れる。それを干しとけば、乾くのが格段に早くなる」

「なるほどね、やってみる」

「やってみろ」

ちいさな冷蔵庫の脇《わき》に低い食品棚があり、そこにラーメンの袋があった。一食分を一度に食べ切ることはできないようで、半分に割った麺《めん》と調味袋が残っていた。

「あんときアメリカに行っとったらなあ」

百万遍もした話を、父はまたする。

母のお腹《なか》にわたしができたから、父は大学院をやめた。自分のやりたかったことを断念して、やりたくないことをやらなければならない日々がはじまった。

「おまえのせいで俺の人生めちゃくちゃだよ」

冗談めかして父は言う。聴きなれたセリフだから、もはやなんとも思わない。以前アルコール病棟の喫煙所でも同じことを言われた。近くにいた断酒仲間は苦笑し、「娘さんがいなかったらたぶん、もっとめちゃくちゃでしたよ」と言った。

コーヒーを二杯のみおえると、父はわたしをバス停まで送ってくれた。自転車で。ペダルをキーコキーコ鳴らして。

「歩くより自転車の方が楽なんだよ」

「わたしがこぐから、お父さんうしろに乗ったら?」

「そんな恥ずかしいことができるか」

歩くと足のろれつが回らないんだね、と軽口を叩こうと思ったがやめた。父の眼が徐々に正気を取り戻し、鋭さを増しており、それはわたしにとって必ずしもよい兆候ではなかったから。

トタン屋根に雨粒の当たる音がしはじめる。黄昏《たそがれ》の停留所にバスはやってこない。

「タバコ持ってくりゃよかった」

「もうここで大丈夫だよ。お父さん、帰っていいよ」

「シケモクはまずいんだよな」

「傘買ってこようか？」

「いらん。傘さして自転車なんかこげん、転んだら終わりだ」

父と並んで道路を眺めた。雨はどんどん強くなり、乗用車の撥《は》ねる水しぶきが白さを増す。

「おまえ」と言って父は一度、空咳《からせき》をした。「つきあってる男がいるんだろ」

「だれから聞いたの」

「だれから聞かんでもわかる」

父は言った。バスはなかなか来ない。

「数学のできる男か」

「うん」

「そうか」

バスが来た。立ち上がろうとして父はよろめいた。慌てて手を取る。細くて長い、きれいな指だった。おーすまん、と言って父はさらりと手を離した。

ドアがひらく。ステップを踏んで、車内に乗り込んだ。

父が何か言ったのをかき消すように、背中でバスの扉が閉まった。呆然《ぼうぜん》と突っ立っていると、整理券をお取りくださいとアナウンスされた。はっとして白い券をひっぱる。最後列まで、ふらふらと歩いた。父が見えた。細い身体で、雨に濡れながらこちらを向いて立っている。

まあ、おまえらがおったから、おもしろい人生やったかもしれん。

バスが動き出す。父はどんどんちいさくなっていく。

6

卒業式にはつめたい雨が降っていた。夕方にいったん上がったが、夜、西国分寺駅へ向かっているとき、再びぱらつきはじめた。降りだしはやわらかく絡《から》みついてくるような霧雨だったのが、走っているうちに一気に勢いが増し、激しい春の嵐《あらし》となった。

バシャバシャと水の音を立てながら、わたしはどしゃ降りの中を走り抜けた。傘も差さずに、髪も服もずぶぬれで、息を切らしてアスファルトの坂道を駆け下りた。楽しかった。桐原に会うために疾走しているときはいつも、命を生き切っているという実感があった。

桐原が見えた。大きな黒い傘を差して、不安げな顔で立っている。一直線に向かって行く。ソックスに泥水が跳ねる。鎖骨の上のチョーカーすら歓喜していた。ひざやスカートが上がるのといっしょに、ちいさな星はうれしそうにジャンプして肌に吸いついた。

細い道を斜めに突っ切ろうとしたとき、

「由井！」桐原が叫んだ。「あぶない！　うしろバイク来てる！」

さっと八百屋の軒下に身体を寄せた。わたしの中で桐原の声が反響していた。あんなに大きな野太い声を聴いたのははじめてだ。立ち止まってバイクが通り過ぎるのを待っていると桐原がまた声を張った。

「そのままそこにいて！」

広い歩幅で飛ぶように走って、桐原はわたしを迎えにきた。

「用心して、たのむから」

めずらしくきつめの口調で言う桐原の顔は、青ざめていた。

傘を、桐原はほとんど倒すみたいにして差した。わたしは柄の部分をつかんで桐原の方に向けた。それを彼がふっと笑ってまた倒す。そんなことを繰り返しながら、ざんざん降りの雨の中を歩いた。濡れて身体にぴったり張り付く服も、ぐじゅぐじゅになったソックスもまったく気にならなかった。

ふいに桐原が足を止めた。わたしを見おろして、手を伸ばしてくる。

「風邪ひいちゃうな」

指が、わたしの髪にふれた。傘の下で、桐原の匂いが濃く立ちのぼる。

「うちで乾かそうか」


白い車がその日はなかった。桐原はポケットから鍵《かぎ》を出して差しこんだ。

家にはだれもいないようだった。広い玄関には、よく磨かれたハイヒールがあった。桐原の脱いだバスケットシューズが重そうでどきどきした。

「そこ洗面所、タオルとかドライヤーとか、好きに使っていいよ」

ありがとうと言って、脱いだソックスを手につま先立ちで向かう。髪の先から水が滴《したた》り落ちた。ドアが、迷子になりそうなほどたくさんあった。廊下はホコリひとつなくつるつるで、すべらないように注意しなければならなかった。無機質というか、しんと平らで、熱のようなものがまったく感じられない家だ。ほんとうに人が暮らしているのだろうか。

髪やスカートを乾かして戻ると、キッチンから音がした。行ってみるとそこには黒い角の尖ったテーブルがあり、カゴがのっていて、色とりどりのフルーツが盛られていた。雑誌に出てくる家みたいだ。ソファの正面には暖炉まであった。そんなものはどこか遠い外国にしか存在しないと思っていた。お盆を手に戻ってきた桐原は、階段の下にしゃがんでいたわたしを見おろして「なんでそんなところにいんの」と笑った。

「立派なおうちだなあと思って」

「そんなことないんじゃない」

「あるよ。金色の洗面台が二つ並んでて、びっくりした」

「二つ同時に使うことなんてないから意味ないんだよ」

「お父さんなんの仕事してるの」

桐原はすこし真顔になって「よく知らない」と言った。

階段を上りきった脇に、おしゃれな洗濯機があった。二階に洗濯機があるというのはどういう間取りなんだろうと思ったが、これはお金持ちのスタンダードかもしれないと思い直した。


八畳ほどの洋室だった。きちんと整えられたベッドに、勉強机とクローゼット。机の横にはCDデッキ。床に腰を下ろすと「なんでそんなところに」とまた笑われた。桐原が手渡してきたクッションを尻《しり》の下に敷く。わたしたちは向かいあって桐原が淹《い》れた紅茶をのんだ。会話は弾まない。クッキーは妙にぼそぼそして喉《のど》をおりていかなかった。

ごめん、と桐原が言った。カチャリとカップを置く音が大きく響いた。

「俺いま、すごくやましい気持」

「どういう意味？」

「賭《か》けをしないか」

顔を見上げてたじろいだ。これまでに見たことのない表情をしている。メガネの奥、目の縁が赤く染まり、つり上がって、怒っているみたいだ。桐原は立ち上がって窓辺まで歩くと、手招きした。わたしが来るのを待って、桐原は外を指差した。

「あそこ、遠いけどわかる？　線路が見えるでしょ。次来る電車は何色だと思う」

「そんなのわかんないよ」

「言ってみて。もし当たったら今日はまだ我慢するから」

「我慢て何を」

「さあ何をだろうね」

またした。今まで見せたことのない顔。桐原の黒髪の一本一本から放出されている、このぴりぴりしたものはいったいなんだろう。

「もう来ちゃうよ。このまま答えないうちに来たら俺の勝ちね」

言って桐原は、わたしのうしろに立った。「俺はオレンジ」わたしは腹をくくってシルバーと答えた。電車の音が聴こえてきた。

家と家のすきまから見える、西国分寺駅へ向かう線路。夜の膜を切り裂くように、やってきたのはオレンジ色の電車だった。

部屋の空気が動く。桐原がメガネを外す気配があった。頭の上で桐原が笑うのが息でわかった。それを勉強机にそっと置くと、桐原は背後からわたしの両脇に手を差し入れてきた。軽々と抱き上げるようにしてベッドの縁に座らされる。視線が合う。かわいらしい目だった。こんな目だったかな、と思う。メガネをかけるようになってからまた、骨格が変わったのかもしれない。桐原は床にひざをつくと、わたしの太ももに頭を載せてきた。腰に腕が回される。甘える子どもみたいだった。へそには桐原の後頭部が、太ももには頬がくっついて熱かった。わたしは自分の手の置き場に困って、迷った末に彼の髪にふれた。硬い髪をぎこちなく撫《な》でた。胸がどくどくして声にならない。腰に置かれていた大きな掌《てのひら》が、背中に上がっていったかと思うと、急に強い力で引き寄せられた。

「スキー教室の夜もこんなふうにしたかった」

「じゃあ桐原は、反省文になんて書いたの」

「はっ、いまそんなこと思い出せんわ。たぶん、本当のことは何も書いてない」

「なんで自分が誘ったなんてうそをついたの」

桐原がわたしを見上げた。

「なんでだか、本気でわからないの？」

桐原を見おろすのははじめてだと気づく。ここからの角度だと顔立ちがずいぶん幼く見える。笑うわたしの口元に、桐原が手を伸ばしてきた。

「もし俺がいやなことをしたら言って」

「言ったら」

「言われてもやめないかもしれないけど、最善は尽くす」

「本当にするの？　コンドームっていうのを、使わないとだめなんだよね？」

わたしが言うと桐原は「武士が丸腰で戦うはずがないだろう」と笑って立ち上がり、引き出しの奥に手を突っ込んだ。箱が出てきた。その使い方は合ってるみたいと言ったロを口でふさがれる。桐原の身体《からだ》にこんなにやわらかい部分があったことに驚いた。唇を合わせながら、息つぎするように桐原はシャツをぬいで、肌着をぬいだ。それから、大きな白い身体が覆《おお》いかぶさってくる。耳に桐原の息がかかった。首にも、肩にも、スタンプを押すように。それはとても熱くて、心地いい。

いざ挿入という段になって、わたしの性器は桐原の小指すら受け入れられなくなった。

「さっきは中指も入ったのにな」

「入れてみて、痛くても大丈夫だから」決心してわたしは目を閉じる。

やっとぜんぶ収まったと思ったのに、桐原はわたしの足首をつかんで広げ、さらに奥までぐっと押し込んできた。挿入後に男が動くということを知らなかったので、それが奇妙に感じられた。桐原の汗が、広がった黒髪からポタポタと落ちてきて、目にしみた。

終わってしばらくすると、桐原はていねいな手つきでシーツをはがして、部屋を出て行った。洗濯機を操作する音が聴こえてくる。

放心していると、桐原がもどってきた。手にはバスタオルを持っている。桐原はトランクス一枚だった。青いきれいなトランクス。制服を着ていた彼とは別人で、大人の男の人みたいに見える。裸の男の人というのは、物悲しいなと思った。

桐原が敷いてくれたバスタオルに座ると、夢みたいにふわふわしていた。向かい合うように座ってから「ねえ」と桐原は言った。「なんでそんなに早く服を着ちゃうの」

「はずかしいから」

「もっと見たい」

「やだよ。ほかの女子よりおっぱいちいさいし」

桐原はまじめな顔で首をふって、短く褒めた。それはわたしにとって賛美のように響いた。

大きな手が服の中に入ってくる。ごつごつした掌に、すっぽりつつまれた。桐原はあぐらをかいて、じっとわたしを見ている。顔があまりに熱いので目を伏せると、トランクスからにょきにょきと伸びてくる性器が見えた。理科の授業で、植物の成長の早回しビデオを見たときのことがよみがえる。その動きは、わたしに身震いするような感動をもたらした。わたしは桐原に求められている。目の前の愛《いと》しい男は今、わたしに受け入れてもらうことだけを渇望している。ずっと探していたものはこれだったんだ。わたしはその植物に手を伸ばす。撫でてみる。つばを飲み込む音が立った。わたしのものか、桐原のものかわからない。顔を上げると、桐原のうつくしい喉仏がコリ、コリ、と動いた。

7

電話が鳴って、わたしは現実に引き戻される。いそいで手をぬぐって、通話ボタンを押す。「ちょっと疲れたから電話してみた」と夫は言った。「今日の晩メシ何？」

「ちらしずし、はまぐりのお吸い物、茶碗蒸《ちゃわん》し」

「おっいいね、ひな祭りっぽいね」

「あとはイカ大根。大学芋も作る」

「うわー、今すぐ帰りたい。仕事が多すぎるよ。もう明日の僕に頑張ってもらおうかなあ」

「イカのなかに魚が入ってたの」

「えっ、なんの魚？」

「知らない。もうすてちゃった」

「なんですてたの」

「毒があったら怖いじゃない」

「魚もさばいてみたらよかったのに。もう一匹入ってたかもよ」

手がかゆい。心がかゆい。桐原の声がよみがえる。

うしなった人間に対して1ミリの後悔もないということが、ありうるだろうか。大人になった桐原は、どんなふうに携帯電話に触れるのだろう。タバコは喫《す》うだろうか。あれから背はさらに伸びただろうか。今、どんな服を着て、誰といっしょにいるのだろう。

中学を卒業して、桐原は有名私立高に進んだ。わたしは定時制の高校に入ったが、高一の夏にとつぜん遠くへ越すことになった。

あの夜、オレンジ色の電車が来るのを知っていたことは言わずじまいだった。桐原と出会ってはじめて、自分は生まれてよかったのだと思えた。彼を好きになるのと同時に、すこしだけ自分を好きになれた。桐原がわたしを大事にしてくれたから。あの日々があったから、その後どんなに人に言えないような絶望があっても、わたしは生きてこられたのだと思う。

桐原が今笑っているといいと思いながら、二杯目のイカに手を伸ばす。軟骨を引っこ抜いて、体内を覗《のぞ》き込んだ。いくら覗いても、そこにはもう何もない。

ドライブスルーに行きたい

1

その男とは、おしっこをしようとしているとき再会した。昼休憩のファミレスでトイレに行っておくべきだったのだ。でもそんなことよりメールを待っていた。手の中でスマホが光ると同時にひらいた。「あいたい」たった四文字に眉間《みけん》の力が抜ける。緊張がゆるんでもれたミカの吐息を叩《たた》き潰《つぶ》すように、どっと笑いが沸いた。ああうるさい。同じテーブルの学生たちに目をやる。彼らは午前中のきつい作業などなかったかのように元気で、選挙事務所のスタッフと、今夜どこかで開かれる花火大会の話で盛り上がっている。そんなに張り切ったって予報は雨なのに。スマホをつかんでミカは席を立った。化粧室前の通路で壁にもたれ、左耳のイヤリングにふれながら、二瓶《にへい》への返信文を考える。「いつでも来て」これじゃ安っぽい。「お風呂《ふろ》わかして待ってるね」ダメ重い。「あたしに送ったメールはすぐ消去した方がいいよ」いくらなんでもみじめすぎる。「あたしも」はどうか。同じ四文字だし。よし、これでいこう。作成していたら「林さん、早く！」ドライバーに手招きされ、あわてた拍子に「あたし」だけで送ってしまった。

トイレくらいどこかにあると思っていた。まさかこんな場所を担当させられるとは予想もしなかったのだ。

だましだましやりすごしてきた尿意がついに我慢できなくなって立ち止まったとき、ミカはひとり高台にいた。巨大な団地群のそばに、ぽつぽつ単身者向けのアパートがある。ほかには、見渡す限りなにもなかった。

腕時計を見る。集合まであと四十分、そこからバンで事務所に戻るまでさらに二十分。無理だ。今にも雨が降りだしそうな鉛色の曇の下、ミカは駆けだした。息を切らして必死にトイレを探し回った。けれど、コンビニも公園もレストランもない。ようやくあそこなら、という場所を見つけたときには全身汗びっしょりになっていた。

老朽化したアパートの荒れ果てた裏庭。奥に赤くさびた物置がある。あの陰なら誰の目にも留まらないだろう。破裂しそうな膀胱《ぼうこう》にあとすこしと言い聞かせ、夏草に踏み込んだ。

「ねえ」と呼び止められたのは、物置まで二メートルという地点だった。あーもう。苛々《いらいら》と、声のした方を向く。もっさりしたおじさんが網戸に手をかけ、室内からミカを見ていた。右側だけはねた変な寝癖に、汚い無精ひげ。ここもダメだと来た道を戻ろうとしたら、

「A中の女バスだった子でしょ？　そこで何してんの？」

そう言われ心底驚いた。でもゆっくり仰天している暇がない。誰かはわからないが、もうこの際誰でもいい。疑問も恥も飲みこんでミカは、トイレ貸してくれませんか、と近づいていった。

ユニットバスから出ると、男は狭苦しい台所に立って麦茶らしき液体を注いでいた。襟のよれたTシャツに、海パンだかトランクスだかわからないハーフパンツを穿《は》いている。室内に冷房はかかっておらず、蒸し風呂のようだ。男は振り返ってにやりと笑った。

「だめだよ、女の子があんなところで用を足そうとしたら」

「はい、おかげで助かりました」

「俺でよかったよ。ちょっとおかしいやつだったらなにされてたかわかんないよ」

そう言うあなたはいったい誰ですか？

謎《なぞ》の男はマグカップの持ち手の穴に指を通さず、掌《てのひら》で包むように持ってちゃぶ台まで運んだ。「まあ座って」と言われた場所に腰をおろす。さりげなくバッグの中でスマホを見た。メールは届いていない。落胆の重みでまぶたが閉じる。

いつから自分は、こんなに頻繁にスマホをチェックするようになったんだろう。二瓶が「おれ」で止めたらミカなら気になって「どうしたの」とすぐ返す。電話してしまうかもしれない。やっぱり二瓶にとって自分はその程度の存在なんだろうか。早く続きを送信しなきゃ。スマホを取りだそうとした瞬間、男の顔がぬっと近づいた。

「ミカちゃん、で合ってる？　むかし手紙くれたよね？」

バッグをつかんだ姿勢のまま、フリーズした。

手紙だって？　中学時代、異性に手紙を書いたのは、一度きりだ。

「あのとき俺、返事したっけ」

まさか、この人は。

おそるおそる、男を見上げる。

ウソ!! 目をぎゅっとつぶって首を激しく横に振った。信じられない。ウソでしょ?

「そっか、ごめんね」

けれどそう笑う彼の声は、紛れもなく、あの、高山だった。

「俺、バレーと受験でいっぱいいっぱいだったんだと思う」

頭をかきむしって絶叫したい衝動を懸命にこらえた。

確かに自分はこの人を知っている。でも、知っているあの人じゃない。

「高山先輩は、めちゃくちゃもてましたから」かろうじて絞り出した声はふるえていた。

「めちゃくちゃってことはないと思うけど」

プライドをくすぐられたように笑うこの男と、中学時代の高山は、とても同一人物と思えない。あれから十五年以上経《た》ったとはいえ、想像の範囲を軽く飛び越える変わりようだ。

高山が学区内トップの公立高校を卒業後、超優秀な私大にストレートで入ったところまでは知っている。大学でもあいかわらず告白されまくっていると風の便りに聞いた。

　そこからいったい何が起きたら、ここまで激変してしまうんだろう？

　中学生の高山は尋常じゃなくかっこよかった。国分寺一、もてたと思う。昼休みに高山が校庭でバレーボールをはじめると、ベランダは女子でいっぱいになった。

　涼しげな顔立ちも細身の長身も魅力的だったが、ミカがなにより惹《ひ》かれたのは、手だ。分厚く大きな掌。誰かがレシーブをして、トスはいつも高山のところへ集まる。高山が両腕をひいて、右腕を勢いよく振り下ろした瞬間、掌とボールのぶつかる破裂しそうな音が立つ。反復運動のように動く、高山の長い腕。その繰り返しの動きを見ていると、何かの暗示をかけられたように、身体《からだ》が勝手に引き寄せられそうになった。

「シオマネキのオスは、メスを呼ぶために大きい手をしています」

　教育実習生がそう言ったのは中二の春だった。真っ先に高山の顔が浮かんだ。手が大きい雄に惹かれるのは人間もカニもいっしょなんだなあ、そう感心したことを憶《おぼ》えている。

　ラクダみたいな笑顔の実習生は、ビデオを見せてくれた。白い浜辺で、片方だけ大きな手を振るシオマネキたち。何かに似ていると思ったら、昼休みの校庭だった。校庭のいたるところで大勢の男子が、オレを見てオレを選んでとアピールするように動いている。

ミカの目は、高山だけに吸い寄せられた。自分のようなイモには手の届かない、スーパースター。当時の高山は、まさに日の当たる場所にいる人だった。

けれど、目の前にいる高山はどうだろう。

中学のときはしゅっと締まって「メンズノンノ」の一番人気モデルみたいだったのが、今は全体の輪郭がゆるみきっている。長身だから、ただのデブではなく肩幅の広い大柄な人に見えないこともない。でも、それにしたって。

それほど印象に残っていない人であれば「すこし太ったかな？」くらいで終わるかもしれない。でもあの頃毎日毎日、それこそ目に焼き付けるように見つめていた高山のことは「ここが変わった」「こうじゃなかったのに」と細部に至るまでわかってしまう。はじめ、彼だと気づかなかったのも、これが高山だと認識することを脳が拒否したのかもしれない。

スターにはいつまでも夢を見させてほしかった。

「そーいやミカちゃんてさ、中二のとき英語の教育実習の先生に、小文字ってなんですかって質問したんでしょ？　そんで卵先生がばかにされてると思って怒ったんだよね？」

あっけにとられた。そんなこと、自分でも完全にわすれていた。そうだ。あの実習生が「そこは大文字で、そこは小文字で」とか言うのになんのことかさっぱりわからず、頭がこんがらがって尋ねたのだ。教室が笑いに包まれたことを、たった今思い出した。

「なんでそんなこと知ってんですか」

「女バレの加奈子《かなこ》ちゃんから聞いた。俺、一度見たり聞いたりしたら、わすれないんだよね。いままで告白してくれた子たちも、全員憶えてる。たまに数えたりするよ」

「五百人くらいですかね」投げやりに言ったら、

「さすがにそこまではないよ」高山はまんざらでもなさそうに笑った。

「先輩は、告白なんてしたことあるんですか？」

興味本位で質問したら、顔色が曇った。

「ないでしょ？　追う経験なんて。先輩は追われるばっかりで」

「いや、まあ、一度くらいは」

ぼそぼそ答えると話題を変えるように「ところでミカちゃんは今、何してるの」と訊《き》いてきた。

「選挙事務所の手伝いです」

「新卒でずっとそれ系やってるってこと？」

「いえ、転々と。ちょっと前まではショッピングモールでメガネ売ってました」

「なんでやめちゃったの？」

とっさには答えられない。くちごもっていると「まあ色々あるよね」と高山は知った風なことを言った。

「先輩は今何してるんですか」

尋ねたら、妙な間が流れた。してはいけない質問なのはわかっていたが、メガネ屋の話をこれ以上したくなかったのと、なによりあのスターがどうしてこんな風になってしまったのか興味があった。

「司法試験」と高山は答えた。「去年も惜しいところまでいったんだけど。次はいけると思う」

試験という年齢はとうに過ぎているような気がしたが、その世界に詳しいわけでもないのでつっこまないでおいた。

一気に麦茶をのみほし、ちゃぶ台に置いて腰を浮かせた。

「すみません、あたしそろそろ」

「いいじゃん、もっといなよ」

「でも、これ全部、今日まかなきゃいけないんですよ」

トートバッグをひらいて見せる。

「そんなん、置いていきな」

そう言って高山は、ミカに覆《おお》いかぶさってきた。「ええっ？」と声がひっくり返る。バッグがどさりと倒れて、チラシがこぼれ出た。胸を押し返そうとしたら、高山は言った。

「俺がまいとくよ」

2

「大川加奈子に、みなさまの、清き一票をおねがいしまーす！」

朝の校門前で、加奈子が笑顔で声を張っている。自分の名前をでかでかと書いたタスキをかけて。登校してくる生徒たちは恥ずかしいのか、ミカたちが差し出すチラシも受け取らず、目を伏せて足速に通り過ぎる。いやいや、こっちの方が恥ずかしいっつーの。

「ミカもっと声出して。チラシもちゃんと、渡してよ。これ今朝配る分なんだからね！　ぜんぜん減ってないじゃん！」

うんざりする。やりたくてやってるわけじゃないのに。書記に立候補すると加奈子から聞かされたとき、すげえな、と思った。まだ一年なのに体育館の壇上でスピーチなんて。自分なら絶対無理。落ちたら恥だ。でも、そういうのは加奈子にはないみたいだった。「ミカ、応援よろしく」と自信たっぷりな顔つきで、肩を叩いてきた。軽く承諾したのだが、それがまさかこんな本格的な応援を指すとは思っていなかった。「親友でしょ」ときつくにらまれて、断れなかった。

あと二分で予鈴だ。片付けをはじめたミカを見て、加奈子が顔をしかめる。

「もう行くの？　いいじゃん、ちょっとくらい遅れたって。遊んでるわけじゃないんだから先生も大目に見てくれるよ。あっ先輩、おはようございまーす！　これ、お願いします！」

「悪いけど、あたし行くわ。続きは帰りにやるから」

昇降口へ向かおうとすると、うしろからシャツをつかまれた。しつこいな。

「だから、遅刻だけはいやなんだって！」

勢いよく振り返ったら、そこに立っていたのは加奈子ではなく、二Aのクラス章をつけた男の先輩だった。ほっそりとして背が高く、左右対称の整った顔でにっこり笑っている。間違えました、すみません、そう言おうと思うのに胸がつまって、声が出ない。

「俺がまいとくよ」

彼はさわやかに言って、掌を差し出した。「うちのクラスでいいんでしょ？」

目が釘付《くぎづ》けになる。厚みのある手。長い指。これは、自分とは違う生き物だ。

ミカの持っているチラシの束に、その手が伸びてきて、指と指がふれた。ほんの少しかすっただけだったのに、そこから発生したビリビリがミカの全身を末端までしびれさせた。

「えーっ、いいんですかあ。高山先輩。悪いですよぉ。ねえ、ミカ」

「ただ配るだけじゃん」高山と呼ばれた男はなんでもないことのように笑って、長い脚で歩いていく。ミカが両手で抱えていたチラシの束を、右手ひとつでやすやすとつかんで。

なんて大きなたくましい掌だろう。目が離せないでいると、ふいに高山がふりかえった。

視線が絡《から》まって、心臓が止まりそうになる。高山はふっとやさしげに目を細めた。

「もっとある？　隣のクラスとか部活のやつらにも渡しとくよ」

　加奈子とは、二年でも同じクラスになった。正直言って、めんどくさい。加奈子に合わせるのは、なんだか疲れる。でもホッとする気持もあった。少なくともひとりぼっちという最悪の事態は避けられるから。

　始業式が終わって教室の自分の席に戻ると、手紙が飛んできた。Yシャツ形に折られたその白い紙にはネクタイやボタンまで描いてあり、胸ポケットのクラス章に三Fと記してある。加奈子がニッと笑ってピースを送ってきた。口角を上げてピースを返す。白衣の担任が入ってきて、声を張った。

「はい、順番に自己紹介。なんも思いつかないやつは好物と特技を言え。手短にな」

　ちゃんと元の形に戻せるだろうか。不安になりながら、便箋《びんせん》をひらいていく。

　ミカへ

　また一年よろしく。スキー教室とか絶対同じ班になろうね！　あたしはミカ以外だれとも友だちになれないし、どのグループにも入れないし入りたくないよ。このクラスでミカに無視されたら登校拒否するから。そうそう、T先輩はF組だって。あとで見に行こう。

P.S.ミカのとなりの、でかい男だれ？　返事いますぐプリーズ。

加奈子

加奈子へ

男バスの桐原だよ。一月か二月か、わすれたけどその辺に転校してきた。どっかの頭いい私立からきたとか？　あんましゃべんないから、何を考えているのかさっぱりナゾな男です。Tセンパイ情報ありがとー！

ミカ

さっと書き終え、回してもらったところで順番が来た。立ち上がってひと息に言う。
「林ミカです。好きな食べものは鶏《とり》の唐揚げ。とりえは無遅刻無欠席。幼稚園から一度も休んだことありません」

おおーと拍手がわき起こるのに混ざって前方から「ばかは風邪ひかねーからな！」と男子の声がした。幼なじみの金井だった。あいつにだけは言われたくない。あとでぶったたくことに決めて腰を下ろす。金井はまだ何かはやし立てようとしたが、隣の小柄な女子に短くたしなめられ、肩をすくめて黙った。

横で長い影がすっと立ち上がる。小さい女子からでかい男に、ミカは視線を移した。

「桐原です。好物はリンゴ、特技はありません」

てみじかにもほどがある。あきれて、横顔をまじまじ見てしまう。とても同学年とは思えない大人びた顔立ちだ。頬骨がごつっとしている。顔に張り付いた皮膚が、あまり動かない。バスケ部の男女合同練習のときも笑っている顔を見たことがない。こういうやつに限って、ものすごくエロいことを考えているのかも。

五月に入ってすぐ、教育実習生たちがきた。そのフレッシュさと情熱に、授業の憂《ゆう》鬱《うつ》がほんの少しだけ薄まる。

カチカチと音がして、となりを見ると桐原がシャーペンに替え芯《しん》を入れていた。机の枠からはみでた上履きに威圧感がある。脚もここまで長いと逆に怖い。

じっと見ていたらふいに目がかち合った。

「理科」

「え?」

「数学、出してるけど」神経質そうなまなざしで、ミカの机の上を示してくる。

急いで机の奥から理科の教科書とノートを出した。チョークを持った右手を挙げて、実習生が言う。

「シオマネキのハサミは、オス同士で戦うときや、メスに求愛するときに使います。そして、メスの多くは、大きくてりっぱなハサミを持つオスを選びます」

「えろっ」金井が叫ぶ。

担任なら相手にしないかイラッとするところで、実習生は笑顔を見せる。

「まあ実際は、ハサミの強度はそれほどでもなくて、見かけ倒しとも言えるんですが」

ばか男子たちがゲラゲラ笑う中、となりのでかい男は笑わない。

さよならーと大声で言ったり言われたりしながら、校門を出る。今日は女バスと女バレが体育館で、男バレは外練。高山の姿が見られなくて残念だった。

「ねえ加奈子、セブンでデニッシュパン買って帰ろ」

サイドの髪を撫《な》でつけながら言う。女バスの先輩にあこがれてピアスを開けたことは、まだ誰にも内緒だ。部活かばんの中にはいつも、抜き打ちの服装チェックに対応できるよう隠ぺいグッズが忍ばせてある。

「いいけどさー、モデルのなっちゃんは夜ごはん四時に食べるらしいよ」

「えーっそんなんおやつじゃん。ハラへって夜ねらんないよ」

「そこを我慢するからモデルなんでしょ」

周囲を見回して、セブンイレブンに入る。レジでお金を払っているとき、道路の向こう側に同じ制服を着た女子が見えた。ひとりで歩いている。どこかで見た顔だと思ったら、金井の隣の席の小柄な子だ。

「あれ、うちのクラスの子じゃない？」

ミカが訊くと、加奈子はどれ、と首を伸ばした。

「ああ、ホンダ」痰《たん》を吐きすてるように言う。

「ホンダ？ そんな名前の人いたっけ？」

「あーちがった、由井《ゆい》だった」加奈子は意味深な笑みを浮かべた。「同じ小学校だったよ」

「由井っていうんだ」

「あいつ、すっげえ嫌われてた。今はそんなのなかったみたいな顔でつーんとしてるけど」

「なんで嫌われてたの？」

「貧乏のくせに出しゃばりだから」さらっと加奈子は言った。「いっつも同じ服着てんだよ。汚くない？　灰色のトレーナーでさ、胸のとこにでっかくホンダって書いてあんの。親戚《しんせき》のおじさんがそこの社員で、もらったらしいんだけど、ふつー学校に着てくる？　よくてパジャマじゃん。大人用なのかぶかぶかで、もう、いかにも私は貧乏です、って感じ。ちびだしガリだから、もしかしたら生理もまだなんじゃないかっつー噂《うわさ》」

「それはなくない？　もう中二だよ」

「いやーでもホンダならありうる。胸とかまったいらだもん。栄養状態も悪そうだし」プッと笑って加奈子は続けた。「あとさ、男子にもいじめられてるのが一人いて、いやいじめっていうか、からかってる感じだけど、ほらD組の鈴木」

「ああ」気が弱く、からかわれると反応が大きい、いかにも標的にされそうな男子だ。

「そういうのふつー女子は放っとくじゃん？　でもホンダはいちいち絡むわけよ、人を小馬鹿《こばか》にした顔で。いい子ぶりたいんだろうけど。あーあの目、思い出すだけでむかつく」

さっきの女子が、教室で、クラス全員から無視されているところを想像してみた。猛烈に恥ずかしかった。自分なら、そんな立場に置かれたら学校には行けない。あいつみんなに嫌われてたよ、なんて言われたら消えたくなる。弾《はじ》かれることは怖い。

「ミカ！」とつぜん加奈子に肘《ひじ》を強く引っ張られた。「高山先輩だ！」

「えっウソ！」

胸が大きくバウンドした。加奈子の視線の先、五十メートル後方。高山が、稲光のように目に飛び込んでくる。男バレの先輩たちと肩をぶつけ合って、笑いながら歩いている。

「あ、わすれものしちゃったー」加奈子がニヤッと笑った。「体育館戻るわ」

「いいってそーいうの」来た道を戻ろうとする加奈子の手首を焦《あせ》ってつかむ。強く握っても止まろうとしないので「おい」とケツを叩く。脈拍が一気に速くなる。そんなことをしているうちに、いつのまにかすぐそこに高山が立っている。

「さよならー」加奈子がいつもよりオクターブ高い声で言う。

「うっす」男の先輩たちがぞろぞろと通りすぎながら、じゃれあう女子ふたりを見おろし、応《こた》える。みんな、汗で髪がぬれている。すれちがいざまほんの一瞬、高山と目が合った。鋭い瞳《ひとみ》の強さに、呼吸が止まりそうになる。

「おつかれ、ミカちゃん」

手をあげて、高山は言った。流れる目尻《めじり》から、何かキラキラしたものが飛んでくる。おつかれ、ミカちゃん。その一言を、部屋で浴室で教室で何度も何度もリフレインした。ほかの男子の汗と高山の汗では、成分すら違うように感じた。

3

あの頃の高山は、あんなにすてきだったのに。

高山から垂れてくる汗をぬぐって振りすてながら、ミカはうんざりした思いで彼を見上げた。顔の皮膚が、重力に逆らえず垂れさがって醜い。

長い指がミカの中をやみくもにかき回している。じっと耐える。二瓶だったらこんな風にはしない。二瓶だったらもっと優しくしてくれる。二瓶は今、何をしているだろう。自分はここで何をしているんだろう。高山の顔がすっと近づいてきたかと思うと、耳元で「声、がまんしなくてもいいんだよ」とささやかれた。

あのスターがどんなセックスをするのか、というほんの少しの、どうでもいい好奇心に負けてしまった自分が嫌になる。早く終わらないかな、と思っていたら急に身体が軽くなった。

ぱっと離れた高山が、不安げな顔でミカを見おろしている。

「ミカちゃん、もしかして結婚してる?」

「してません」

　よかったと笑って再開。してると言えばよかった。摩擦に耐え切れなくなった性器がミカを守るために分泌物《ぶんぴつぶつ》を出しはじめると、興奮したのかよりいっそう激しく指を動かした。

「ちょっと、痛いです」

「テンション下がるから、真顔で痛いとか言わないでよ」

「でも、ほんとに痛いです」

　もう一度言ったら、高山は素直に指をぬいて胸の愛撫《あいぶ》へ移行した。今度は乳首をものすごい速さで連打され、面食らった。まるで乳房がゲーム機になった気分だ。もしかしてこの人、セックスするのずいぶん久しぶりなんじゃないだろうか。あんなにもてていたのに。なんでこうなっちゃったんだろう？

「あのー、先輩」愛想のない声が出てしまった。懸命に指と舌を動かしていた高山が、ぎょっとした顔でミカを見上げ「なに」と構えたような声を出す。

「事務所に電話かけていいですか。集合に間に合わないから連絡入れないと」

　ああ、と高山はのっそり上体を起こし、せんべい布団《ぶとん》に片膝《かたひざ》を立てた。

　電話を鳴らすとすぐにスタッフが出た。この近くで用事があるので終わり次第自分で帰ってもいいかと尋ねると、すんなり了承された。あす以降の予定を確認して、電話を切る。

ドキッとした。メールが届いている。二瓶か、とまずは思い、いや違う二瓶以外の誰かだ、そうだそうに違いない、迷惑メールかもしれない。そう自分に思い込ませてひらいたら、二瓶だった。

「どした？（笑）八時に行くね」

とっさに視線が高山へいった。ぼーっと遠くを眺めている、ゆるんだ頬とアゴ。横顔のラインがぼやけている。ミカに見られていることにも気づかず、高山は大きな手でタバコの箱をぐしゃっとつかんだ。

二瓶はメガネ屋の店長をしている。採用面接のとき、ミカが履歴書に記した「高校まで無遅刻無欠席」に目をとめてくれた。これまでどの面接官からも、一度たりとも触れられたことのない項目だった。そこを無視されたら、もう自分に長所などないのに。それを二瓶は「すごい！　そんな人はじめて会った」と絶賛してくれた。「こういうの、仕事には一番大事なんだよ。やろうったって、なかなかできることじゃない」テーブルの上で組んだ両手の上にアゴを載せて、口元を緩め、褒めてくれた。座り方も笑顔も指の絡め方も、いちいち男くさい人だな、と思った。お客に商品の説明をするうしろ姿もセクシーだった。丸いミラー越しに見ていたら目が合った。その回数は徐々に増えていった。

忘年会帰りに送ってもらって以来、二瓶は週に三度のペースでミカのアパートを訪れるようになった。バラエティ番組を観《み》ながら二人でごはんを食べ、ビールをのむ。二瓶用の箸《はし》やハブラシを置いた。二瓶といるのが日常になった。ミカちゃんの手料理をこれからもずっと食べたいと彼が言うので、プロポーズみたいなもんだろうと受け取った。ゴムをつけてほしいとたのんでもつけてくれないことが多かったので、余計そう思った。「大丈夫だよ、もしものときはちゃんとするから」とまで二瓶は言った。

ある日メガネ屋に、でかい団子頭の女が来た。二瓶は遅番でまだ出勤していない。お話ししたいことがあります、そう言われたのでアルバイトの子に店を任せ「はいはいなんでしょう」と、エスカレーター脇《わき》のベンチに移動した。つんと上向きの鼻をしたその女は、二瓶のフィアンセなのだと言った。もう式場も決まっており、来月、前金を納入する手はずになっていると。

「私に結婚しようと言ってくれた彼と、林さんに『抱きたい』なんてメールを送る彼が同一人物であることがくるしいです。くるしくて吐きそう」そう言って女はかばんからコンビニ袋を出し、ほんとうに少し吐いた。袋をしばってそばのゴミ箱にすてると、ミカをじっと見た。唇の端に付いたままの吐瀉物《としゃぶつ》に迫力があった。

その日から、思い出したくもないような情けないやりとりがたくさんあった。二瓶とも、女とも。三人でも会った。二瓶は煮え切らなかった。女はいつも吐いた。

前金を納める日が来て、二瓶と女は式場へ行った。式担当者の前で二瓶は三時間黙り込み、結局支払いはせずに帰ってきたという。女が怒りの電話でそう報告した。罵《ば》倒《とう》された。悲鳴のような声で泣かれた。でもうれしかった。女に内緒で二瓶とメールを送り合った。女が二瓶を責めるなら、自分は彼に優しい言葉をかけよう。嘘《うそ》でも。そうすれば勝てる。自分の性格がどんどん悪くなっているのがわかった。二瓶から甘いメールが送られてきても喜びはつかの間で、眠りに落ちる直前までもだえ苦しんだ。

希望と絶望がぐるぐる回った。汚いことを考える自分が嫌で、打ち消すように二瓶との明るい未来を思い描いた。メリーゴーランドに乗っているような毎日だった。二瓶の笑顔も女の恨みも夢も思い出も復讐《ふくしゅう》もみんな回っていた。

最後の話し合いは、女の両親を交えて行われた。彼らはミカに、謝れと凄《すご》んだ。そこらじゅうにあるものを次々投げまくりたい衝動に駆られた。「あんたたちの娘があたしの実家に、嘘八百のイカレた手紙を送ったことは責められないのに？」そう詰問《きつもん》したかったが、不健康に痩《や》せ細った女の横顔を見たら何も言えなくなった。ミカが反論しないのをいいことに、彼らはミカを責め倒した。診断書、裁判、慰謝料、などといった単語が飛び交った。ミカがどんなに罵《のの》しられても、コップの水をかけられても、二瓶は微動だにせずうつむき、終始無言だった。

もう二度と会わないと約束させられ、ミカだけがその場を去った。

二瓶と別れ、同時にメガネ屋も辞め、しばらくは失業保険でぼんやりしていた。どんなに濃い味付けの料理を食べても、しょっぱいとも辛いとも思えない日々だった。父親の紹介で今の選挙事務所に通いはじめたのと、二瓶から再び連絡がくるようになったのは同じタイミングだ。

数か月ぶりにアパートを訪れた二瓶は、少しふっくらしたように見えた。にこにこ笑いながら、旅先で買ったというイヤリングを差し出してくる。マリンブルーの小さな宝石が、波のようにきらめいていた。

「新婚旅行?」冗談で言ったのに、二瓶はうんとうなずいた。

これからはそういうことだと理解した上で付き合ってくれ、と言われているのだと思った。押し黙るミカに二瓶は、ちゃんとするから、と歯切れ悪く言った。

「今すぐじゃなくても、いつかは」

生きている気がまったくしなかった期間を、二瓶も同じ気持ですごしていた。自分に会いたがっていた。そのことがわかっただけで充分だ。かすかな希望にすがるように、ミカは二瓶の首にしがみついた。

4

由井とはじめてまともにしゃべったのは、中二の七月だ。はっきり憶えている。

その朝、ミカは女バスの顧問に呼び止められ、保健の授業の準備を手伝うよう言われた。遅刻したらいやなのできっぱり断ったが、顧問は「すぐ済む」と言った。「万一のときは担任にちゃんと説明するから。頼む」懇願され、しぶしぶついていった。

仕事内容は、プリントを三枚重ねてホッチキスで留め、それを三十部作るというものだった。確かにこれならすぐ終わりそうだ。顧問は説明を終えると「会議の準備があるから」と言って足早に印刷室を出て行った。

思春期には他人との違いが気になります、という文を眺めながら、手早くパチンパチンと留めていく。戻ってきた顧問はミカの手元をのぞきこみ、顔色を変えた。「右上を留めるばかがどこにいる！」秒針の音がやけに大きく響く中、一部一部はずして左上を留めなおしていった。チャイムが鳴ってから教室に入るなんてはじめてのことで、勇気が要った。

授業後、念のために出席簿をひらいてみた。瞬間、胃が沸騰《ふっとう》しそうになった。ミカの名前の横に、くっきり遅刻のバツ印がついている。

「ふざけんじゃねーよ！」

バンと床に投げつけたそれを拾ったのが、由井だった。

「どうしたの」

華奢《きゃしゃ》な割に落ち着いた声だった。大きな声を出したミカに動じることもなく、由井は出席簿をしずかに教卓に載せた。クラス中の視線を感じる。加奈子もきっと見ている。この日までミカは由井を自分と関係のない人だと認識しており、それなりの対応をとっていた。

「なんでもない」顔も見ずに言って、教室を飛び出した。

勢いよく乗り込んだ職員室で、顧問が出張でどこかへ行ってしまったことを知らされた。怒りでアタマがおかしくなりそうだ。どうしよう。どうすればあのバツ印を消せるのか。途方にくれて職員室を出たところで、誰かとぶつかりそうになった。顔を上げると、担任だった。ああたすかった。これでもう大丈夫だ。きっとわかってもらえる。顧問がいいと言ったのだから。すがるような気持でミカは事情を説明した。白衣の担任はミカの話を最後まで聞きもせず「それは言い訳だな」と判断を下した。「だいたい、それが目上の人に対する口の利《き》き方か？」にらんでドアをぴしゃりと閉めた。

終わった。これであたしの人生終わりだ。よろよろと教室へ向かう。顧問は約束を破った。嘘つき。卑怯《ひきょう》者。ちゃんとするって言ったのに。教室へ入ろうとした瞬間、鼻の奥がつんとした。

あわてて来た道を戻り、洗い場に両手をつく。はあーと深く息を吐いたら、がまんしていた涙がぽろっとこぼれた。落ちて次々水滴が跳ねる。

ふと、うしろに誰かが立つ気配がした。

足元に視線を落とすと、小さな上履きに「由井」と書いてあった。

由井へ

さっきはありがとう。風邪とかで欠席になるならまだしも、こんななさけないことで遅刻にされちゃうのはやっぱりくやしくて。けど泣くほどのことじゃないって思ったでしょ？　しかーしあたしにとってはユイイツのとりえ（？）だったわけで……あーけど学校で泣くのはやめればよかった。東条なんかにハンカチ差し出されて一生のふかく。

でも、いったいどーやって遅刻マーク消したの？　センセーになんて言ったの？

アホミカより

桐原のことが好きなんだと由井が教えてくれたとき「見てればわかる」と笑ったが、内心かなり焦っていた。加奈子も明らかに桐原を気に入っていたからだ。

「なんか好きかも」「肩がかっこいい！」「肘から先が長くない？」

口をひらけばそんなことばかり言っていた。

出席簿事件以来、由井といる時間が急速に増えていった。

「ホンダと何をそんなしゃべることがあんの？」由井といっしょにいると、加奈子はあからさまに不機嫌になった。「ミカの気が知れない。よく見てみなよ、ホンダ毎日同じシャツ着てるから。雨のふった次の日には、夏でも冬のシャツ着てくるよ、五百円賭《か》けてもいい」

そんな賭けしねーよ。茶化すように返すのが精いっぱいだった。

由井を唯一《ゆいいつ》の友とする度胸はなかった。いまいちつかめないところが由井にはあって、加奈子と離れても大丈夫だという確信が持てなかった。しくじったら一人だ。それだけはみっともない。だから部活のあとは必ず加奈子と過ごした。コンビニでパンやお菓子を買い、真っ暗になるまで公園でしゃべった。服装検査が鬱陶しいとか一年が生意気だとか脚が細くなるクリームは本当に効くのかとか、加奈子が話したそうなことを延々。ときどき、ここで自分はなにをしているんだろうと思った。

どこからか、白いかたまりが飛んでくる。ミカの目の前をふわっと横切って、由井のこめかみにぶつかり、床に落ちた。丸めたプリントだった。加奈子の高笑いが響き渡る。

「ごめーん！　ゴミ箱に届かなかったー」

足許《あしもと》に転がってきた紙を、ミカはひろった。脈が嫌な感じに上がっている。ミカが投げた紙は弧を描いて飛び、ゴミ箱の縁に当たって、また床に転がった。

「おい、バスケ部〜」

加奈子が大声ではやし立てる。周りの女子たちが笑う。何か言わなきゃと思うのに、恥ずかしさと焦りで声が出ない。とりあえず笑おうとした瞬間、すっと由井が立ち上がった。重い空気を裁ち切るように由井は歩いて、紙をひろってすてると、ゆっくり廊下へ出ていった。

由井はどこにいても堂々としていた。高山を見るため、由井につきあってもらって三年生の廊下を歩くことがあった。そういうときでも由井はまったく萎縮《いしゅく》しなかった。ミカのアゴまでしかない身長で、まっすぐ前を向いていた。その横顔をミカはじっと見てしまう。

人の目が気になる自分は、どうして由井が人の目を気にしないでいられるのか、わからない。知りたいと思った。人に好かれようとするのではなく、人を好きになる由井を、知りたいと思った。

休み時間、由井はよく本を読んでいた。周りの雑音などまったく耳に入っていない様子で。同じものを読めば、由井のことが少しはわかるかもしれない。

「おすすめの本はある？」

訊いたら、横から金井がケケケッと笑った。

「そんなん訊いて意味あんのかよー。ミカが本読んでるとこなんか見たことねーけど」

背中をぶって黙らせ、由井に向き直る。由井はメモに何か記していた。はい、と渡されたそこにはタイトルと著者名が並んでいる。ぜんぶ聞いたことのない本だった。

その夜、由井がくれたリスト片手に兄の部屋を物色した。エロ本や車雑誌ばかりの本棚に、有島武郎《ありしまたけお》の薄い文庫本が一冊だけ埋もれるようにあった。

自分の部屋に置いて、階段を降りる。家中に、揚げ物の音と匂《にお》いが満ちていた。

リビングに入ると、テレビの前に兄がぼーっと突っ立って、これから放送される音楽番組の予告を眺めていた。画面にミュージシャンが現れては消える。ぱっぱっと、入れ替わり立ち替わり。奇抜なヘアと、派手な衣装。彼らはポーズを決め、いろんな表情で歌い上げる。アゴをあげて見おろすように、正面からまっすぐ射るように、斜めに流れる目尻で。ほら見てよ。オレがいちばんかっこいいでしょ。オレを選んでよ。

「シオマネキみたい」

つぶやいたら、兄がふりかえって「は？」と怪訝《けげん》な顔をした。

「そういえば」ジュージュー音を立てる唐揚げをテーブルに置きながら、母親が言った。「昨日東条くんて子から電話があったわ」

「東条？　なんの用だろ。ていうか昨日ってなに、ちゃんと教えてよ」

いちばんでかい唐揚げを口に放り込んだら熱かった。ハフハフ言いながら噛《か》むとバリッと皮の音がして、口の中にニンニクと醬油《しょうゆ》の味がじゅわっと広がった。

「ごめんごめん。感じのいい子だったわよ。夜分に失礼しますって」

「夜分って、そんな遅くにかけてきたのか」父親が渋い顔をした。

「ううん。夜七時くらい。ミカさんご在宅でいらっしゃるでしょうかって。部活でまだ帰ってないからかけ直させますねって言ったら、いえ、結構ですって」

「ぎゃはは！」兄が爆笑した拍子に、ごはん粒が飛んできた。「ご在宅だって、中二が！　ただ夜分失礼しますって言いたかっただけだろ。うけるっ」

次の日も東条はやはり何も言ってこない。もう済んだ用事なのだろうか。訊くのも面倒なので放っておくことにして、由井の隣で文庫本をひらく。糊《のり》がばりばり剝《は》がれるような感触が掌に伝わってきた。

「ぜんぜん読んでねーな、兄ちゃん」

つぶやいたら由井が笑った。痩せっぽちで小さな由井だったが、笑うとなんとなくお母さんぽい深いやわらかさがあった。

体育座りした膝に粉がふいている。校庭の土ってどうしてこうもひんやりするんだろう。底冷えが、尻から全身に広がっていく。

「由井タイムいくつだった？」

由井が答えたハードル走のタイムは、かなり速かった。ミカはと訊かれて顔をしかめる。

「あたしぜんぜんだめ。だいたい生理だしさあ、腹いてーし、ブルマからハミ羽根しないか心配でそれどころじゃなかったよ」

いま、走っているのは金井だ。がしゃんがしゃんと豪快に倒して走り、C組とD組の男子に大笑いされている。

離れた場所から、加奈子がこっちを見ていた。視線が衝突する。しっかり目を合わせてから、まつ毛を伏せ、斜めの方向に視線を逸《そ》らす。あれは、加奈子が誰かをにらむときのやり方だ。加奈子がとなりの女子に何かささやいた。「八方美人」と言っているような気がする。胸がざわつく。意識がそちらにひっぱられそうになる。振り切るように「ずっと訊きたかったんだけどさー」むりにはしゃいだ声を出した。

「前にあたしが遅刻にされそうになったとき、どんな手つかってもみ消したの？」

「もみ消すって」と由井は笑った。「ミカは悪いことをしたわけじゃないんだから」

「じゃあ抹消《まっしょう》？　証拠隠滅？　なんでもいいけどさ、とにかくどーやって説得したの？」

「事実を言っただけ。あんまりしつこいから、先生が面倒くさくなったんだと思う」

「そーなの？　でもあんときは、まじで、ありがとね。あやうく自己紹介で、もうなんも言うことがなくなるとこだったよ」

「中三も高校も、このままいけるといいね」

「うん。けど高校でも由井みたいな」

そこまで言って、口を閉じた。ん？ と由井が小首をかしげる。

「いや、この先、ああいうフクッの事態に助けてくれる友だちができるかどーか、わかんねーし」照れくさい気持を押し出すように言ったのに「それを言うなら不測の事態でしょ」と冷静に指摘された。

「いいじゃん、どっちでも！」軽く肩をぶつける。

「よくないよ。全然ちがうから」ぶつけ返される。

ふたりの笑い声が、砂や枯葉とともにひろわれ、校庭の隅へ流されていった。

北風に髪が舞い上がる。撫でつけて耳を隠したミカを見て「昨日の服装検査、大丈夫だった？」と由井が訊いた。

「セーフ。怪しまれなかったから、触られないで済んだ」

「よかったね」

「うーん、でも、やっぱ埋めようかなと思って。穴」

「どうして」

「ほんとはアウトなのに、きちんとルールを守ってる子と同じっていうのが、なんか」

言いながらどんどん気持が沈んでいく。約束を破った顧問と、話を聞きもせず切り捨てた担任を、責める資格など自分にはないのかもしれない。だってあたしも卑怯だから。

ピーと笛が鳴り、顔を上げる。

「とか言ったら、なーんか、いい人っぽいけどねー」

ごまかすように笑ったが、由井は真顔で首を振った。

「ミカのそういうところが、わたしは好きなんだ」

「由井」桐原は由井をひっそり呼ぶ。休み時間、わざわざ由井の席まで来て。

「ノート見せてくれないか」

腰をかがめるようにして言う桐原を見上げる由井の瞳は、ほかの誰を見るときとも違う色でぬれていた。

桐原は視力が悪いらしく、いつも目を細めている。そんなに見えないなら授業中に近くの生徒に訊けばいいと思うが、それはしない。確かに由井のノートはきちんとまとめられていて見やすいのだが、それにしたって。こいつは意外とわかりやすいのかもしれない。

ひらいて差し出されたノートを確認すると、桐原は「サンキュ」と言う。ちゃんと一回、視線を合わせて言う。信じられないことに、ほほ笑んですらいる。それから、余るように長い脚で机やクラスメイトのあいだをすり抜け、自分の席へ戻っていく。

授業中、ばかでかい掌をシャーペンでつついた。面倒くさそうに顔を上げた桐原に「さっさと告白しろ」けしかけたが「ほっとけよ」と相手にされなかった。

高山は今、校庭の主人公だ。筋肉の引き締まった腕でバレーボールをさばき、後輩女子たちの視線を集めている。廊下でも体育館でも、高山は主人公になる。

「冬休み中、桐原とは会わねーの？」

草をむしり取りながら尋ねると、由井は笑った。

「会わないよ。なんで会うのよ」

「さっさとくっつけばいいのに。桐原も由井のこと好きだよ、絶対」

「絶対って言葉を使える事柄は限られているって、むかしお父さんが言ってた」

「なんじゃそら。ねー由井はさ、もしあいつとつきあえたら、どんなとこ行きたい？」

由井は黙った。それから、はにかむように笑って答えた。

「ドライブスルーに行ってみたいな」

「いつの話！　まだ免許もとれねーじゃん」

「そうなんだけど。うち免許持ってる人いないから、ドライブって、あこがれるんだ」

「いや、でもさあ、あんな狭いとこにふたりって緊張しない？　たぶんあたしなら、息できないな！　高山先輩がすぐそこで運転してるとか、想像しただけでみずおちが痛い」

「それを言うならみぞおちでしょ」

「とにかくさ、さくっと告白してつきあっちゃいな！　そんでドライブ行きたいから免許なるべく早くとってって可愛《かわい》くお願いすればいいよ。桐原、わかったって言うと思うな」

「どうかなあ」

由井の目は輝いている。ぬれて、白目がきれいに澄んでいる。その横顔を見ていたら、なぜだか胸がくるしくなった。

つまった息をふりしぼって「由井」と桐原を真似《まね》てひっそり呼んだ。低くしすぎてむせそうになった。

「俺、十八になったらすぐ免許とるよ」

桐原っぽく言ったら、由井がけらけら笑った。白い喉《のど》。うれしくなる。

「ドライブ行こう。いちばんに由井を乗せる」

「やったー」

由井はバンザイしたまま、うしろにたおれた。細い腰骨とふくらはぎ。小さな運動靴。空を向いて、手足をぴんと伸ばして、由井は何度もやったーと喜んだ。

由井のとなりに、笑いながらミカも寝ころんだ。草がちくちくして痛い。空がまぶしくて、目をつぶった。高山の声がかすかに聴こえてくる。

車の中、助手席に座る、少しお姉さんになった自分を想像してみる。フロントガラスの向こう側で、たくさんのブレーキランプが光っている。運転席には、ハンドルを握る高山。大きな手と、高貴な横顔。車内に満ちる笑い声、ポテトの匂い、コーラのはじける炭酸、紙袋の音。その光景は、思いうかべるだけで気が遠くなりそうなほど幸せだ。

きっととなりで、由井も同じことを考えている。桐原はかっこつけだから、免許とりたてで内心焦っていたとしても、スマートぶって運転するだろう。そして信号待ちで由井のためにストローの袋を開けてあげたり、笑いかけたりするだろう。

そんな未来が、あたしたちに訪れますように。


スキー教室に自前のウエアを持ってきた生徒は一割弱だった。加奈子もその一人だ。ピンクがかった紫色の、派手なウエア。スキーのレベル分けで、桐原と同じAグループになった加奈子は手を叩いて喜び「リフト乗ってるときに告白しちゃおっかな」などと言った。

ミカは、加奈子とも由井とも違うグループだった。グループが別だと、日中会話する機会はほとんどなかった。

ゲレンデに出る前の、スキーブーツを履く場所があって、薄暗く湿ったそこで由井と別れるとき、なんとなく心細い気持になった。

二日目の夜、熟睡していたらとつぜん布団を引き剝がされた。いつの間にか電気が点《つ》いていてまぶしい。まだ半分眠っているような脳みそで、枕元《まくらもと》の時計を見ると真夜中だった。

「なんだよ、こんな時間に」

「なんだよじゃないっ」顧問に、いきなり頭をはたかれた。「あいつが部屋を抜け出すのに、おまえ協力しただろ!」掌よりも、指輪が当たって痛かった。

いてーと頭を押さえながら、なんのことかさっぱりわからず室内を見回した。ひとつ、からっぽの布団がある。まさか加奈子？　一瞬血の気がひいたが、加奈子はいた。

抜け出したのは、由井だった。

「こんな時間に男子といたらどんなことになるかわかってんのか!　責任とれんのか？」

男子？　部屋にいた女子たちが、目を丸くして顔を見合わせた。

冷や水を浴びせられたように、一気に目がさめた。由井は、桐原に会いに行ったのだ。いつのまに？　どうやって待ち合わせをしたのだろう。

夜の旅館は大騒ぎになっていた。不良っぽい派手なカップルならともかく、まじめでつきあってもいない桐原たちは、先生からもノーマークだったんだろう。

由井はだれにも何も言わずに部屋を出て行った。そのことがむしろさみしいなんて、先生には永遠にわからない。

よほどしぼられているのか、由井はなかなか部屋に戻って来なかった。尋問が終わって再び消灯となった部屋で、となりに敷いた布団を見ながら想像した。由井がどんな罰を受けているか。頭の二、三発は確実に殴られただろう。そしておそらく正座で反省文。アノヒトたちは反省文が大好きなのだ。あんなもの、なんの意味があるのかわからない。ごめんなさいと言わせれば気が済むんだろうか。勝った気がするんだろうか？　ナゾだ。あんたに謝ってどうなるの？

でも由井は頭がいいから、アノヒトたちに受け入れられそうなことをさらっと書いて、解放されるだろう。それにしても由井は、ふだんはおとなしく勉強もできるのに、ときどき予想もつかない大胆なことをやるな。つらつら考えているうちに、またねむってしまった。

そうして目がさめたときの衝撃といったらなかった。

ふんだんに朝日の差し込む部屋の中、となりの布団は、からっぽのままだった。

「由井、帰って来なかった！」朝の大食堂で言ったら、金井は眉根《まゆね》を寄せて「桐原もだ」と言った。どうしたもんかとふたりで無い知恵を絞っていたら、由井が入ってきた。

とっさに声が出ない。由井の片頬は腫《は》れて、赤くなっている。駆け寄って肩を抱いた。泣きたくなるくらい、うすい肩だった。

「ちゃんと冷やした？　どこかで氷もらってこようか？」

尋ねると、由井はうつむいて言った。

「桐原がかばってくれたんだよ」

そのときの由井は、世界でいちばん幸福な女の子に見えた。

桐原と由井は、帰りのバスで最前列に座らされた。カラオケやゲーム大会にも加わらず、前を向いてじっと黙っていた。ミカは適当に参加しつつ、ふたりをちょくちょく見た。

座席から、由井の頭はてっぺんしか出ていない。それに合わせるように、桐原の突き出た頭が、徐々に沈んでいった。

5

あ、と高山が言った。

「ゴムがない」

「あたしのバッグに入ってます」

「えー、それって何サイズ？　俺のでかいから、普通のだときついんだよね」

寝ぼけたことを言いつつも、高山は装着した。それから「また痛かったらごめんね」と言いながら、ゆっくり挿入してきた。たしかに大きめだった。痛いということはなかったが、腕をねじ込まれているような圧迫感がある。腰の動きは、ゆるやかで優しかった。射精する瞬間の眉間が色っぽかった。

「そういえばあの子どうしてる？　スキー教室で彼氏と逢引《あいび》きしてバレた女の子」

くわえタバコで高山は立ち上がった。ふわっと煙が流れて、一瞬視界が曇る。

ミカが服を着たのを確認してから、高山は裏庭に面した窓を開けて網戸にした。生ぬるい夜の風が吹きこんで、カーテンが大きくふくらむ。窓の外はもう真っ暗だ。

「元気ですよ」ミカは嘘をついた。「よく知ってますね」

「高二んとき、二コ下の子とつきあったことがあってさ」布団にうつぶせになって、高山は煙を吐きだす。「あの事件以来、A中の宿泊行事では、先生が朝まで部屋の前でパイプ椅子《いす》に座って待機するようになったんだって。ちょっと笑っただけで突入してくるから、枕投げもろくにできなかったってぶーたれてた」

最後に由井と会ったのは高一の夏だ。祭りの夜、由井は薄桃色の浴衣《ゆかた》を着て神社にいた。となりにはもちろん、桐原がいた。相変わらずでかかった。浴衣の布がちょっと足りてなかった。

それからしばらくして、由井は遠くへ消えてしまった。スキー教室の夜と同じように、だれにも、何も言わずに。

ピアスの穴は完全にふさがった。あのときの有島武郎の小説のタイトルが何だったか、ミカはもう思い出せない。

由井はどこで、何をしているだろう。由井に訊きたいことが、たくさんある。

「ねえ、先輩」

「あん？」

「駅まで送ってくださいよ。歩きでいいんで。このへん街灯少なくて怖いし」

「いいけど、今すぐ？　俺つかれてんだよね」高山はタバコをひねり潰《つぶ》し、ふあーと変な声を出して、布団にどでんと仰向けになった。「それに俺、車持ってるけど」

「ウソ、絶対ないと思った」

「ばかにすんなよ」

がばっとヘッドロックをかけられた。つつみこまれた太い腕の中は、安心感があった。じゃあさ、とかすれ声で高山は言う。アゴから伝わった振動がミカの頭蓋骨《ずがいこつ》をふるわせる。

「送ってくから、ミカちゃん、ちょっと待っててよ」

「なにをですか?」

「用事。二、三十分で済むと思う。テレビでも見てて。あ、風呂《ふろ》使ってもいいよ」

「誰かから車借りてくるんですか?」

「あほか」

ミカが軽くシャワーを浴びて出てくると、高山はもういなかった。

どこに行ったんだろう。タバコが切れたのか? ぼうっと室内を見回していたら、空が叫んだ。

とつぜん轟《とどろ》いた雷鳴に、跳び上がりそうになった。爪先《つまさき》立ちで歩いて、布団をまたぐ。カーテンからそっと、裏庭の方をうかがった。そこで瞬《またた》いていたのは、雷ではなかった。

ミカの自宅とは反対の方向で、かぼそい光が次々と天空をめざす竜のように上がっていく。上がりきったところで、勢いよく華やかに破裂した。色とりどりの花火が、空で重なり合い、伸びて広がる。その線は風になびきながら最後は点になって、闇《やみ》にとけた。

網戸を開け、ミカは再び空を見上げる。夜風が夏のいろんな音や匂いを運んできた。この空が、どこかの由井とつながっていることが不思議に思えてくる。

今の自分を見たら、由井はなんて言うだろう。

草を踏む重い靴音が聴こえてきて、裏庭に高山が現れた。息が切れている。額の汗が、花火に照らされた。大きな手をあげて高山は「ほらいくよ」とキーホルダーをチャラチャラ鳴らす。はいと応えて、そばにあったトートバッグを肩にかけた。あれ、軽い。

中をのぞいて驚いた。チラシがなくなっている。高山はもうこちらに背を向けて、駐車場の方へ歩き出していた。目の前の高山に、片手でチラシをつかむ制服姿の高山が重なる。

高山の運転は、意外となめらかだった。さっきまで自分の中に埋まっていた長い指が、ハンドルを握っている。

「先輩、コンドームって、足でも穿《は》けるらしいですよ」

「えっまじ？　すげえ」

「だから、ちんこが大きいからゴムがつけられないってことは、ないはずなんですよ。ふくらはぎより立派なものをお持ちでもない限り」

「いくらなんでもそれはねーな」

正面を向いたまま、高山は笑った。つられてミカも笑う。それから何気なく自分の耳たぶにふれて、あ、と声が出た。

「どうした」

「イヤリング、どこかに落としてきちゃったかも」

「探しに戻ろうか？」

うーん、とミカは歩道に目をやった。

浴衣姿の若者たちが楽しそうに歩いている。花火はもう終わった。でも空や夜風には、華やいだ気配が残っている。一瞬で過ぎていくあの年代特有の儚《はかな》さが、あの頃のあの子たちが、急に愛《いと》おしく思えてくる。

前の車に乗っているのが、桐原と由井だったらいいのに。

ふいにそんなことを考えた。車内で笑い合うふたりを、ミカは想像した。その光景は、なぜかとてもかなしい。

車は夜の国道を、すべるように進んでいく。

高い所でぐるぐる回る看板が見えてきた。まぶしいほどに光り輝いている。

膝の上のバッグから、スマホを取り出して見た。もうすぐ八時だ。

「先輩」強い声で呼んでミカは、看板を指差した。「あたし、あそこに行きたい」

「いいよ」高山は答えてちらっとミカを見た。その目尻にはスターの名残があった。

「で、イヤリングは取りに戻るの、戻らないの」

メールの通知が表示されたままのスマホをバッグに押し込んで、戻らないとミカは答えた。

チッカチッカと軽快な音を立て、車がゆっくりとファストフードの敷地に入っていく。

前方を行く車はそのまま直進し、テールランプのうねりにのまれ、見えなくなった。

潮時

脳みその芯《しん》をさすりあげられるように目がさめた。

とても嫌な夢を見ていたような気がする。汗でべとつく首回りをぬぐった。去っていく人の背中がまぶたに焼き付いている。けれどそれが誰なのか、僕には思い出せない。

真夜中だというのに、機内のあちこちでささやき声が聴こえていた。まだぼんやりする頭を振って、僕は背もたれから上体を起こした。今聴こえている声とは別に、悲鳴の残骸《ざんがい》のようなものが機内の空気に漂っている。鼻先に意識を集中させるとかすかに焦《こ》げ臭く、ガソリンに似た妙なにおいがした。

飛行機の動きに、異常はなかった。けれどもしかすると、僕が寝ているあいだに乱気流に巻き込まれたのかもしれない。

暗闇《くらやみ》に、徐々に目が慣れてくる。幾人かの乗客が僕とおなじように機内を見回し、何が起きているのか窺《うかが》っていた。

斜め後方に、がっしりとした欧米系の青年が座っている。顔に血の気がなく、今にも卒倒しそうだ。トレーを手に歩いてきたCAが、彼の横で止まってコップを差し出した。彼は持っていた錠剤を口に放り込むと、トレーからコップをつかみ、一気に流し込んだ。それからサンキューを言う余裕もなく、まぶたを閉じ、うつむくように前の座席に頭をもたれさせた。

「なあ」となりの男性が声をかけてきた。金髪の太ったおじさんだ。彼もたった今目を覚ました様子で、落ち着かない顔をしている。

「何が起きたんだろう」不安げな声で彼は言った。

「わかりません」僕はつたない英語で答えた。

「もしかして」

おじさんが言うのと同時に破裂するような音がして、顔面に何かがぶつかった。鳥が飛び込んできた、とっさにそう思った。そんなことあるはずがないのに。ばくばく鳴る心臓をおさえ、目の前の物体に手を伸ばす。

それは、酸素マスクだった。

白い紐《ひも》につながれた黄色いマスクが、乗客たちの前にぶらりと垂れ下がり、ゆれている。はじめて見る光景だった。できれば一生遭遇したくない光景でもあった。

「アーメン」と誰かが言った。声のした方を見ると、白髪の女性が目をつぶり、両手を組んでいた。アーメンなんて聞いたのは、自分の結婚式以来だ。

「なにぼんやりしてるんだ。早くつけろ」

おじさんのやり方に倣《なら》い、酸素マスクを装着した。ぴたっと吸いつくようにそれは僕の顔の下半分を覆《おお》った。息がすこし楽になったようでもあるし、そんなのは思い過ごしのような気もする。

出張先での仕事をすべて終えて、バルセロナのホテルでテレビを眺めていたのは昨日のことだ。ニュースはバレンシアの大雨について報じていた。僕はイカ揚げを食べながらビールをのみ、満ち足りた気持で、由井《ゆい》さんと河子《かこ》へのお土産のことを考えていた。由井さんのリクエストは缶詰だった。マテ貝、タコ、ウナギ稚魚、コシード。

「バルセロナの話を聞きながら食べたい」と由井さんは言った。お絵描きの好きな河子のリクエストはノートと色えんぴつ。仕事の合間にちょくちょくデパートやスーパー、路面店に寄って、すべて入手した。由井さんと河子の喜ぶ顔を思い浮かべると、誇らしい気持になった。

由井さんといるとき、僕は僕でいられるような気がする。河子のためになら、自分の命さえ惜しくない。そんな存在が僕にもできたのだ。二十年前は、こんな生活想像もできなかった。考えうる限り最高の現実だ。ありがたく思いながらビールをのんでいると、とつぜん画面が切り替わった。アナウンサーが緊迫した声で『バルセロナ発パリ行きの飛行機が消息を絶ちました』と言った。『テロかどうかは現在のところ不明です』

僕は残っていたビールをぐっとのみほすと、急いで荷物をまとめた。チェックアウトをすませてタクシーに飛び乗る。空港には離陸三時間前に到着する予定ではいたが、こんな事件が起きたのであれば、さらに時間が必要だと考えたのだ。

僕の予想は当たった。空港は物々しい空気に包まれ、どこも長い行列ができていた。屈強な警察官が大きな銃を携え、通路を闊歩《かっぽ》している。怪しいものはチリひとつ見逃さないという鋭い目つきだった。

手荷物検査場で僕のスーツケースをあけた係員は、いぶかしげな顔をした。

「これはなんだ、なんでこんなにたくさんあるんだ」

「妻と食べるためです」

正直に答えたのに、係員は疑わしそうに目を細め、缶詰を手にとった。まるでそうすれば中身が透けて見えるとでもいうように。ワイシャツも洗面道具も書類もすべてぐちゃぐちゃにひっくり返された、その状態で突っ返される。安全のためなら仕方あるまい。むりやり自分を納得させ、腹立ちを抑えながら一つ一つ収納していった。

搭乗直前、由井さんに電話をかけた。由井さんはすでに事件について知っていた。

「テロじゃないといいんだけど」と言った声は、我ながら情けなかった。

「その情報が入っていたら、飛行機は飛ばさないと思う」冷静に由井さんは言った。

「もしものときは、通帳は僕の箪笥《たんす》の一番上の右に入ってるから。実印は、使ってない黒いスーツケースの中。暗証番号は結婚記念日だからね」

「あのね」由井さんは諭すように言った。「たとえ毎日乗ったとしても、飛行機事故に遭う確率は、四三八年に一回なんだって」

「それ本当？」

「本当。最新データ。だから、飛行機よりは自動車や階段のほうがよっぽど危ない。起こってもいないことを心配するより、道路や段差に注意してね」

「どうしてこれが降りてきたんだろう」となりのおじさんが酸素マスクを少しずらし、くぐもった声で話しかけてきた。「まさか、テロじゃないよな？」

「じゃないことを願います」

「だれかが間違ってボタンを押したんだろうか」

「そうかもしれませんね」

「もしくは単に、テクニカルなトラブルか。ねえちょっと」

おじさんがCAに声をかけようとした、そのとき。

バコーンと音がして、機体が急降下した。

尻《しり》が浮いた。ふわっと浮かび上がり、大勢の人間の悲鳴が響き渡った。

胃と陰嚢《いんのう》が同時にひゅっと縮み上がる。とっさに肘置《ひじお》きをつかんだ。浮いたのは一回きりではなかった。まるで遊園地のフリーフォールのように、ふわっ、は何度も起きて、そのたびに乗客の絶叫が響いた。いろんな国の言語で、あらゆる年代の男女が叫んだ。

四三八年に一回。四三八年に一回。つまりほぼゼロだ。ゼロだ。ゼロなんだ。僕は失神しそうな脳に繰り返しそう念じた。指先が真っ白になるくらい強く肘置きをつかみながら。

空の瓶がうしろから転がってきて、また見えなくなった。

白髪の女性はゆれるたびにアーメンとやっている。僕は祈る言葉を持たない。

すぐ横で、一際《ひときわ》大きな悲鳴が上がった。僕の席から通路をはさんだとなりで、若い母親がパニックに陥っている。おさない息子に酸素マスクをかぶせようとして、手間取っていた。着席したCAが「あなたが先！　自分が装着してからあなたの子どもにつけなさい！」と怒鳴ったが母親の耳には入らない。激しく腕を震わせ、前髪は汗で額に張り付いている。「ママが先だってば！」遠くからCAはもう一度叫んだ。「ねえあなた！　聴こえないの？」

「あの、すみません」僕は金髪のおじさんに声をかけた。「僕の服をつかんでいてくれませんか」

おじさんは若い母親と僕を交互に見ると、すばやく自分のベルトをはずして僕のベルトに結び付けた。さらにイヤフォンやおじさんが持っていたスカーフを巻きつけ、すべてまとめたその先端をぎゅっと握りしめた。シートベルトをはずした瞬間、ふわりと身体《からだ》が浮く。天井に激突するかと思ったが、おじさんがベルトを強く引いてくれたおかげで通路の向こうの肘置きをつかむことができた。「ちょっとあなた何してるの?!　死にたいわけ！」CAに罵声《ばせい》を飛ばされ、おじさんに支えてもらいながら僕は、男の子に酸素マスクをつけた。それからCAに頭をぺこぺこ下げながら自分の席に戻り、いそいでシートベルトと酸素マスクを装着した。

深呼吸をくりかえす。緊張しすぎて喉《のど》の奥で変な音が鳴っている。

「よくやった、えらいぞ」おじさんは僕の肩をバンバン叩《たた》いた。

どうして酸素マスクを、子どもに先につけちゃいけないんだろう。ふいに湧《わ》いた疑問を口にする暇もなく今度は、ぐぐ、と背中に圧がかかった。

機体が急上昇をはじめる。かつて聴いたことのない、ギューンという耳をつんざくような爆音が機内に響き渡った。音のすきまを乗客の絶叫がうめつくす。そしてまた、腰が浮いた。

とにかく上へというパイロットの焦《あせ》りが、手に取るようにわかった。まるで自分が操縦しているような気持で僕は「上がれ、上がれ」と念じた。けれど簡単には上がっていかない。巨人の大きな手で飛行機の尻をひっぱられているようだ。今自分は地上からどの辺りにいるのだろう。さっきまでいた、平和な地点からどれくらい落ちたのだろう。

「悪いんだが、おまえの手を握っていいか」

おじさんが言った。顔から生気が完全に失われている。僕は無言でうなずいた。金色の指毛の生えた、分厚い掌《てのひら》に包まれる。がっしりとした手は汗で湿っていた。

「名前を訊《き》いても構わないだろうか」

「雄一《ゆういち》です」僕はマスクを一秒だけずらして、すばやく答えた。

「ユイチ、おれはマイケルだ」

おそろしい警報音が鳴り響きはじめた。鳴らない方がましなんじゃないかと思うような、恐怖心を煽《あお》る規則的なアラーム。気が遠くなる。機内食が、胃の中で踊っている。胃ごとでんぐり返って口から飛び出てきそうだ。窓から見える景色の上下がおかしい。

死にたくないと思う一方で、いつかこんな日が来るような気がしていた。だって僕は幸せになりすぎた。

この十年。たとえ眠れない夜があっても、僕は一人じゃなかった。寝室に満ちる由井さんの寝息を聴いていると、焦りが消えて穏やかな気持になった。僕だけこんなに幸せでいいのだろうか。よくそう思った。やっぱりだめだったんだ。

乱高下する機内で、イスラム男性が手帳に何か記している。アラビア文字はまったく理解できないが、それでも遺書だろうと見当がついた。彼だけじゃない。何人かの乗客が、阿鼻叫喚の中ペンを動かしていた。

僕はもう、日本の地を踏めないのだろうか。由井さんと河子に土産を渡すこともかなわず、僕はマイケルと手をつないで死んでいくのか。

通路を、誰かの脱いだブーツがさーっと横切った。

倒れたブーツを、まじまじと見下ろす。焦げ茶色のそれはびっくりするほど醜かった。シワなのかひび割れなのか革がところどころ裂け、底は摩《す》り減り、斜めに傾いている。つかんで立たせると、くたっとした感触が指の腹に染《し》みこんだ。

ママチャリの鍵《かぎ》と幼稚園のIDカードを靴箱の上に置き、スリッパに足を入れる。テレビと暖房を点《つ》けてから、私はダウンを脱いだ。

＊

『イギリスではRUN,HIDE,TELLなんです』

朝のワイドショーで、専門家らしき女性が喋《しゃべ》っている。何の話だろうと思ってよく見ると、彼女の持つフリップに「テロに遭遇したら」と書いてあった。

『まずは走って逃げ、隠れる。間違っても抵抗してはいけません。安全な場所へ避難できて、もしも余裕があったら、警察に通報する。いいですか。決して無理はせず、まずは自分の安全確保に集中してください』

イギリスには一度だけ行ったことがある。短大の卒業旅行で、女友だちとヨーロッパを周った。まだ私が大川だった頃の話だ。今では国内で飛行機に乗る機会すらない。

結婚して十一年が経《た》つ。このままいけば、いつか大川より新しい苗字《みょうじ》で過ごした時間の方が長くなるだろう。けれど私はいまだに、結婚後の姓に対する違和感が消えない。さすがに銀行や病院で呼ばれるときにハッとするということはなくなったが、単なる記号のように感じてしまう。父は苗字とのバランスも考えて名づけてくれただろうに、と思ったりする。親の気持に思いを馳《は》せることが多くなったのは年を取った証拠だろうか。

私は大川でなくなると同時に、加奈子とも呼ばれなくなった。

『一方、アメリカではRUN, HIDE, FIGHTが対処法とされています』

「アメリカつえーな」つぶやいてスマホに視線を落とす。

『隠れるときはガラスやドアからは離れてください。また、音が鳴ってしまわないように、携帯電話の電源は必ず切っておきましょう』

届いたメッセージに返信しながら寝室へ行き、クローゼットの奥からパソコンを取り出す。リビングに戻り、蓋《ふた》を開いて起動ボタンを押した。

この動画を見つけたのは、まったくの偶然だ。

二週間前。ママ友から借りたCDを家族共有のパソコンに取り込んでいたら、急に動かなくなった。フリーズしてしまい、どのボタンを押しても反応しない。なんとかCDは取り出したものの、また同じことが起きたらと思うとそのパソコンを使う気にはなれなかった。考えたすえ、むかし夫が愛用していたノートパソコンをひっぱり出してきた。長いこと使っていなかったから充電しなくてはと思ったのに、スイッチを押すとすぐ起動した。充電はフルだった。ロックがかかっていたけれど、三つ目に打ちこんだパスワードでウエルカムの画面が出た。

奇怪なことが起きたのは、そのあとだ。

CDを入れて作業をしていると、とつぜんディスプレイ左下のアイコンが立ち上がった。もちろん、何もクリックしてはいない。不思議に思いながらも、現れた再生ボタンを押してみた。

まず映ったのは、手だ。毛の生えたソーセージのような不恰好《ぶかっこう》な指が、画面の右端と左端をつかむ。カメラと家具のぶつかる、かたかたという音が立った。遠くでは、かすかな水音。腕がどいて、室内が映し出される。淫靡《いんび》なライトに照らされたキングサイズのベッドに、ふくらんだ枕《まくら》がふたつ。大きな鏡、安っぽい布張りのソファ。毒々しい壁紙。

そして夫の顔が大写しになる。

カメラ位置を確認する夫と、パソコンの画面を覗《のぞ》き込む私の顔が重なった。

シャワーの音がやむと同時に、カメラに何か布のようなものがかぶせられる。視界は少し狭くなったが、ベッド周辺はハッキリ見えた。

バスタオルを巻いた女が現れる。若い女だ。メロンのようなおっぱいがバスタオルを盛り上げていた。カメラに気づく様子はない。私は自分の歯が鳴っていることに気づく。夫が女に近づく。頬にキスをし、耳を舐《な》め、首すじを舐め、時間をかけてバスタオルをはぐ。頬を染めた女は、はずかしそうに両腕で胸元を隠す。隠しきれず、白くやわらかい肉が腕の上と下からはみ出ている。腰回りは信じられないほどくびれていた。

私が長男の紘明《ひろあき》を産んだのは八年前。臨月の段階で体重増加は八キロに留まった。よく歩いたし、食事にも気をつけた。優秀な妊婦だと医師に褒められた。問題は、産後だ。不思議なことに、体重はまったく減らなかった。入っていたものが出ていったというのに。

焦りはさほどなかった。はじめての赤ん坊相手に必死だったというのもあるし、体重など気にならないくらい、手に入れたすべてに満足していた。順調に生まれてきた息子、稼ぎのいい夫、武蔵野の緑を一望できる新築マンション。まだ若い私。

体型が戻らないまま、次男を孕《はら》んだ。長男出産後にたった一度、泥酔《でいすい》した夫が何かの間違いのように私を襲った晩、できた子だった。今度は十五キロ増えた。またしても、産んでも減ることはなかった。以来、脂肪と憂鬱《ゆううつ》をいつも私は纏《まと》っている。腹肉がうっとうしい憂鬱や、洗濯機におむつを入れたまま回してしまった憂鬱、女として扱われない憂鬱。憂鬱は消えることなく、薄まったり濃くなったり、別のものと入れ替わったりを繰り返し、常に層になって重なり合う。

私が最後にセックスをしたのは七年前。夫だけがセックスのある生活を続けている。けれど、離婚届を叩きつけることはできない。私には、なんの取り柄もないから。一人で息子二人、育てていくだけの能が、私にはないから。勢いで別れてしまったら、旦那《だんな》の浮気くらいで離婚したバカなシングルマザーと世間から笑われる。そんなのはみっともないし、紘明と紘也《ひろや》が不憫《ふびん》だ。夫はちゃんと働いてくれるのだから、このまま見て見ぬふりをして平和な老後を迎えたらいい。という結論に、動画を見終えるころにはいつも達する。パソコンの蓋を閉じて、もとの場所に戻した。この二週間、平日は夫のセックス動画を鑑賞するのが日課になっている。多い日には、五度も六度も見る。夫にばれる前にそろそろやめなくてはならない。今日で最後、いつもそう思う。

ソファに寝ころんでテレビを眺める。セックスレス特集がはじまったので、別のワイドショーにチャンネルを替えた。セックス。セックスね。たぶんもう一生ない。

夫が今朝ソファに放っていった新聞をひらく。ぱらぱらめくって閉じる。スマホの画面にふれて、ママ友からのメッセージを読んで即返信、いくつかのサイトをチェックしたあとにピザを注文した。

あの暗黒の中高時代、ＳＮＳがなくてよかった。心底そう思う。トラブルに巻き込まれる自信も起こした自信もある。

けれど結局、主婦だって足跡や未読既読で悩む。私たちは一生めんどくさい。

『今までの人生でいちばん後悔していることは何ですか』

テレビの中で街頭インタビューされている女が、明らかに私より肥えている。真冬だというのにそのデブは、Ｔシャツ一枚でわき汗をかいていた。うきうきと心が弾み、音量を上げる。けれど残念なことにデブはすでに発言を終えており、パッと別の女が映しだされた。

『牛乳嫌いを克服しようとしなかったことですかね』

そう答えたのは三十前後とおぼしき、小柄で色白の女。こいつもずいぶん薄着だ。

『あたし身長百五十なくて、パンツ買うとき恥ずかしいんですよー。すそ上げをたくさんお願いしなくちゃいけなくて、シルエットも変わっちゃうし』

ている。自虐するふりしてぜんぶ自慢、そういう奴《やつ》をJJ女と呼ぶのだとママ友が教えてくれた。こういう女は、高校にも短大にもいた。ほんの数年勤めた会社にも。

『童顔だから、コンビニとかでお酒買うときも年齢確認されてー、めんどくさいんですよ』

「はい、自慢」

『こないだも外人さんに道を訊かれてー、教えたらサンキューガールって言われるし。三十路《みそじ》でガールってやばくないですか？　せめて背が高ければそういうこともないのかなって。しかも、彼氏は百八十越えてるんですよ、もー、会話もままならなくて（笑）』

「んなわけねーだろ！」テレビに向かって突っ込む。イライラがこみあげてくる。

「母親と小さい子どもだって、ちゃんと会話してんじゃねーか」

何かとてもいやなことを思い出しそうになる。小柄な女はいつも私を苛立《いらだ》たせる。

『もっと牛乳のんどけば、おっぱいも、もうちょっと成長したかなーって（笑）』

「うるせーブス」

『夢ですかあ？　ふわっとした、女性らしい体型になることです。ホント、あこがれます』

耐え切れずリモコンをつかんだ瞬間、別の女に切り替わった。

学生らしいこの女も薄着で、シャツ一枚だった。もしかするとロケ地は東京ではないのかもしれない。ボリュームを下げて、でも消すことはせずリモコンを置いた。

私は今も昔も、テレビっ子だ。家にいるときは常に点けっぱなしにしている。中学時代は、母がねるとん紅鯨団を観《み》せてくれなくて悔しかった。家族が寝静まった後にこっそり観たり、ばれないように録画したり、涙ぐましい努力をしていたものだ。告白タイムのとき、男が柵《さく》やゲートを飛び越えて女の子の前に立つ、その瞬間が好きだった。上目遣いで相手を確認する女の子に自分を重ねた。いつか自分にもこんなときが来るのだと思いながら観ていた。けれどそんなときは来なかったし、これからも来ることはない。

中学のとき、同じクラスの男子を好きになった。桐原という名の彼は、私にとって謎《なぞ》めいた存在だった。ミステリアスだから惹《ひ》かれるのか、好きだから謎めいて感じたのか、今となってはわからない。

桐原は中学生というよりは大学生みたいで、笑ってしまうくらい体操服が似合わなかった。ごつごつした膝《ひざ》に、長すぎるふくらはぎ。体操服になると、浮き出た腰骨が際立った。

桐原に話しかけるときは、覚悟が必要だった。振る話題と想定される返事、さらにそれに対する自分の返しまで何パターンも考え尽くした。何通りも枝分かれに記したメモをポケットの中で握りしめ、彼の席へ歩いていく。そうまでして話しかけても、桐原の反応はほぼないに等しい。視線が絡《から》むことすら、極めて稀《まれ》だった。

授業中にはノートの隅に「桐原加奈子」と書いた。イニシャルKKは宝くじに当りやすいんだって。誰かの言葉を思い出し、にやにやしてしまったことを憶《おぼ》えている。

あの頃、国分寺の女子中学生のあいだでは前髪長めのショートヘアが流行《はや》っていた。漫画の影響で茶色く染めている子も多かった。だいたいみんな最初はコーラやビールをかぶる。それからオキシドールへ移行し、最終的には脱色用のミスト。中には寝癖直しにミストを使っている子もいて、そういう子の髪は日に日に色がぬけていき、月曜の朝礼で校庭に並んでいるときなんか赤くきらきら光ってきれいだった。

校則を破る勇気などない私は、夜な夜な太ももマッサージに励んだ。発汗ジェルを塗って、脂肪が燃焼しますようにと祈りながら揉《も》んだ。ゆで卵ダイエットや、グレープフルーツダイエット、新しいダイエット法が出るたび飛びついた。毎朝髪を洗い、きれいにブローした。薔薇《ばら》の香りのヘアスプレーをかけ、眉《まゆ》を整え、爪《つめ》を磨いて登校した。

なのに桐原は、私ではないクラスメイトとつき合うことになる。それもよりによって、私のいちばん嫌いな女子と。髪も爪もただ切っただけ、かさついた膝の、痩《や》せたちび女。

由井は、小学生の頃からよく生協で買い物をしていた。変な服を着てママチャリに乗って。米や焼酎《しょうちゅう》が入った前カゴは重そうで、よろよろしてみじめったらしかった。学校でも、運動靴や筆箱がくたっとして、いつも薄汚れて見えた。

小学校卒業と同時に存在すら忘れかけていた由井と、中二で同じクラスになった。由井は相変わらず貧乏くさく、みすぼらしかった。着ている制服は明らかに誰かのお古で、プリーツスカートはてかりを超えてもはやつやつやしていた。制服だけじゃない。習字セットも体操服もぜんぶもらいもので、他人の名前を消した上に由井と書いてあった。

だから中二の終わりに桐原が由井とつき合いはじめたとき、何かの間違いじゃないかと天を仰いだ。どうせすぐ終わるだろう。そう思った。

けれど二人はなかなか別れなかった。朝はいっしょに登校してきて、放課後は校門前で待ち合わせて並んで帰っていく。私は、その後ろ姿を見つめるだけだった。同じクラスのカオリに頼んで、中庭に桐原を呼び出してもらったのは中三の秋だ。桐原と由井がうまくいってないらしい。そういう噂《うわさ》が立っていた。「やっぱね。桐原には加奈子の方がお似合いだよ」カオリに言われて、その気になった。私が似合うかどうかはともかく、桐原の相手が由井というのはどう考えたっておかしい。一縷《いちる》の望みをかけて、私は桐原を待った。

まず目に入ったのは、バスケットシューズだ。大きくて、重そうで、桐原が一歩すすむごとに立つ砂利の音が私の興奮と恐怖心を増幅させた。

桐原が、私の目の前に立った。

＊

圧倒的な恐怖の渦に巻き込まれながら、僕は徐々に現実感をうしなっていった。脳に妙な物質が分泌《ぶんぴつ》されているのかもしれない。世界が白っぽく見えるのは、雲のせいか。

なぜ酸素マスクを、自分より先にわが子につけてはいけないのか。マイケルとしっかり指を絡ませながら、僕はその理由にやっと思い至る。

共倒れになるからだ。

でも、いったいどれだけの親が、子どもより先に自分にマスクを装着できるだろうか？　安全のしおりを読んでいたって、実演ビデオで観たって、実際こんな非常事態に立たされたら、何より優先されるのは動物としての性質だ。とにかく何があろうと子をたすけたいという本能。もしも僕が先につけようとしてもたつき、そのあいだに河子が死んでしまったらどうする？　僕はその瞬間生きる気力をうしなうだろう。だから僕は、もしここに河子がいたら、きっと河子に先につけてしまう。さっきの母親と同じように。

そしてたぶん、僕の親もそうする。

僕の両親はともに中卒だ。洋裁店で働いていた母を、見初《みそ》めた父は船乗りだった。外国で魚を獲《と》るのが仕事で、日本には年に数回しか戻らない。

結婚して二度目の漁を終え、港に戻った父は電話ボックスに駆け込んだ。受話器を置くと飛び出し、病院めざして走った。満天の星の下、父は全速力で走った。やっとたどりついて肩で息をしながら母の名前を告げるも、面会時間を過ぎてしまっていた。父は建物の裏手に回り、母の部屋に面した中庭に立って小石を投げる。それはきれいなカーブを描いて、二階の窓にこつんと当たった。しばらくして窓が開く。母は父を見つけると頬をゆるませて、いったんそこから消えた。次に現れたとき、母の腕の中には赤ん坊がいる。父親にうりふたつの男の子。僕だ。

父が港に着く日はいつも、電話のそばにいた。父からの連絡を心待ちにしていた。電話が鳴ると、三歳下の弟と受話器を奪い合った。父は開口一番「今日の晩メシ何?」と訊く。ギョーザ! すき焼き! 父の好物を叫ぶ僕たちのうしろで、母がうれしそうに料理していた。その母からオーケーが出たら、僕と弟は家を飛び出す。川沿いを競うように走って、駅まで向かう。大きな荷物を抱えた父が改札の向こうに見えると、僕たちはその場で何度もジャンプして、両手を大きく振った。父は白い歯を見せて笑い、改札をずんずん歩いてくる。そうしてどさっと荷物を置くと、僕たちを力いっぱい抱き寄せた。

父の鎖骨と鎖骨のあいだにはちいさな丸いこぶがあった。父が豪快に笑うとき、そのこぶはごりごり動いた。「一度ちゃんと調べてもらって」母が言い「心配しなくていい。悪いものじゃないのはわかってるんだから」父が笑い飛ばした。

二人とも酒はまったく飲まなかった。特に趣味らしい趣味もなく、休みの日には僕たちをピクニックに連れて行ってくれた。お調子者の弟はすべり台を頭からすべったり、草の上をごろごろ回ったりしながら、笑い転げていた。家族四人揃《そろ》うのがうれしくて仕方ないようで、それは僕も同じだった。

両親はいつも僕と弟にたくさん食べさせた。自分たちは必要最低限しか食べないで。

「そんなんで足りるの？」僕はよく訊いた。「お父さんとお母さんはもう大きくならないから」そう笑っていた母を、今でも思い出す。

父は僕に一度も手をあげたことがない。言葉では厳しく言うことがあったとしても、父親としての優しさがあった。魚釣りの道具の作り方、釣る場所、釣り方、エサを取る方法など教えてくれた。月と潮の関係、風と方角の関係なども父から習った。

「潮時」はものごとの終わりという意味ではない、と教えてくれたのも父だった。

「漕《こ》ぎ出すのに潮が安定している、好いタイミングということなんだ」と父は言った。

学歴で苦労した二人は、僕たちにいろんな習い事をさせてくれた。学習塾、習字、スイミング。僕と違って要領のいい弟は、甘えたり仮病をつかったりしてよくやすんでいたが、僕は生真面目《きまじめ》に通った。貴重なお金だということをひしひしと感じていたからかもしれない。

なんせ僕たちの家は、時々電気が点かないのだ。支払いが遅れていたからだと思う。点かないと言いに行こうにも母からは「仕事場に来ちゃダメ」と言われているし、父は日本にいない。

「……もう寝よっか」

だから僕は母の作っておいてくれた夕ごはんをつめたいまま食べ終えると、弟にそう声をかけた。何もわかっていない弟は「兄ちゃん、風呂《ふろ》は？」と無邪気に訊いてくる。今日はいいよと言うと「ラッキー！」とよろこんで布団《ふとん》にダイブした。

父も母も一人っ子だった。祖父母は早くに他界しており、親戚《しんせき》は僕の知る限り一人もいなかった。だから盆も正月も四人きりで過ごしたけれど、特にさみしいとは思わなかった。両親は仲がよく、気恥ずかしくなるくらいお互いを大事にしていたし、僕も愛されていると感じて育った。笑いの絶えない家庭だった。

僕たちの生活が一転したのは、僕が小三のとき。明け方仕事場へ急ぐ母が、酔っ払い運転の車に轢《ひ》かれて死んでしまってからだ。運転していたのは大学生だった。

父は、僕と弟を施設に預けた。父が外国にいるあいだ二人だけで暮らせるほど僕たちは大きくなかったし、その方が衣食住の面で安心だと判断したのだろう。

父は帰国するたび、施設に会いにきてくれた。両手で抱えきれないくらいのお土産といっしょに。外国で買ったおもちゃの剣や船、洋服、文房具。それらを施設の子たちに見せると反感を買うことを知っていたので、僕はこっそりしまった。けれどうれしさをこらえきれない弟は満面の笑みで見せびらかし、やっぱり虐《しいた》げられていた。かなり陰湿ないじめだった。施設にはプライバシーがないし、職員も機嫌次第で殴ったり蹴《け》ったりしてくる。学校では施設の子だとばかにされた。

それでも耐えられたのは、父がいたからだ。父から絵葉書が届くと、僕はとても誇らしい気持になった。外国のスタンプを、部屋の窓辺でいつまでも眺めていた。帰国したときは、動物園や遊園地に連れて行ってもらった。弟を肩車して僕と手をつなぐ父は、日焼けして肩の筋肉が盛り上がり、いかにも海の男といった風情《ふぜい》でかっこよかった。自慢の父だった。

けれど、父が施設を訪れる回数は徐々に減っていった。季節が変わるごとに会えたのが、年に二度になり、一度になり、あるとき、もう何年も父の顔を見ていないことに気づいた。手紙も電話も来なくなった。

弟は里子に出された。そして半年もしないうちに戻ってきた。何があったのかは知らない。弟は、まったく笑わなくなっていた。声をかけると、まるで別人のような目つきで僕をじろりと睨《にら》んだ。「返された子」という施設内で最もかっこ悪い立場に置かれた弟は、前よりさらに激しい暴力にさらされるようになる。しばらく経つと、弟はまた別の里親のところへ行った。そこからもう、帰ってくることはなかった。

中三の冬、何の前触れもなく、とつぜん父が施設に現れた。驚くというより怒りが込み上げてきた。僕がこの数年、どんな思いで、たった一人で、施設と学校を往復してきたか。この人はなんにも知らない。

誕生日プレゼントだと言って、父は紙袋を差し出してきた。鎖骨のこぶが、前に会ったときより大きくなっている。ふしばった指先には、しもやけができていた。受け取ろうとしない僕に、父は自分で箱を開けて中をみせてきた。高級そうな腕時計だった。僕はそれをつかんで父に思い切り投げつけた。時計は父の胸に当たって、地面に落ちた。溶けた雪と泥に埋もれた腕時計を父は拾って、ズボンでぬぐい、箱に仕舞った。そして靴箱の上に載せると「また来年くるからな」と言って、去って行った。以前よりすこしちいさくなった身体で。

その後ろ姿を、僕は何度も思い出した。

その翌年、僕は父が来たときのために贈り物を用意していた。言いたいことがあった。でも言えるかどうかはわからない。だから、カードと手袋を準備しておいた。

でも父は来なかった。それから一度も。

高校を卒業すると施設を出なくてはならない。風呂トイレ共同の安いアパートを借り、一年間、必死で働いた。早朝から深夜まで、バイトをいくつもかけもちした。施設を出てからも、僕は一人だった。一人で生の食パンをたべて仕事へ行き、昼飯を買うお金がないときは抜いて、帰ってくると受験勉強をし、毎晩気絶するように眠った。仕事の合間には単語帳をめくった。髪が伸びたらバリカンで刈った。何をするのも全部一人。毎日一人で生きる、ただそれだけだった。

貯《た》めた金で国立大学の夜間部に入った。

真夜中、眠りに落ちる前は弟のことを思った。

いつか、生活に余裕が出たら、弟に連絡を取ってみよう。どこかで肉や甘いものを腹いっぱい食べさせて、好きなものを買ってやるのだ。小遣いもやろう。

会うのは望ましくありません。児童相談所の人からはそう言われた。みんなが混乱するだけだから。

でもそれがいったい「誰にとって」望ましくないのか、「みんな」とはいったい誰のことなのか、僕にはわからないのだった。弟？ 弟の新しい家族？ それとも僕や父？ もしかして、単に制度上の問題なのか。ひょっとして、施設の職員が厄介ごとを避けたいだけ？　確かに自分も父が会いに来たとき混乱した。けれど、それとこれとは別のような気がする。かといってどう違うのかはうまく説明できない。考え出すと頭の中がこんがらがるのが常だった。だから最後はいつも、目をつぶって心静かに祈った。

どうか、弟が今、笑っていますように。

そうして次にまぶたがひらくのはまだ夜も明けきらぬ青い時刻で、アパートを飛び出して仕事場へ走り、夕方まで一心不乱に働いた。学校に着くころには疲れ果て消耗していたけれど、やりたかった勉強ができるのはしびれるくらいうれしかった。

大学では、僕にとって奇跡のような、宝物のような人たちとの出会いもあった。

同じ学年に、由井さんがいた。理系の僕と学部は違ったが、第二外国語のスペイン語が同じだった。初年度の前期が終わる頃、試験前になると出回るノートの持ち主が由井さんだと知った。

大学のときの由井さんは、わかりやすいノートを貸してくれるが、何を考えているのかはわからない謎な人。そんなイメージだった。そんな謎に僕は徐々に惹かれていく。

大学二年の夏、由井さんに告白した。断られ、あっさり引き下がった。なんとなく、そりゃそうだよな、と思ってしまった。それからも友だちづきあいは続いた。アルコールに弱い僕は酔うと彼女に告白してしまい、それはもはや仲間内のネタになっていた。

由井さんは僕より一つ年上だった。

「二浪したんですか？」

尋ねると由井さんは、笑って首をふった。

「高校生を多めにやったの」

「留年するようには見えませんけど」

首をひねったら、夜逃げに次ぐ夜逃げで、と彼女は言った。

驚きはしなかった。自分を含め、その大学の夜間部にはわけありの人間が多かった。両親がそろっていて、二人とも日本人で、なんの依存症でもなくて、兄弟姉妹はひきこもりじゃなくて、家庭内暴力をふるう人もいない、精神的支配もない、お金にも苦労していない。そんな家庭は滅多になかった。だからこれまで他人には話しづらかった施設の話など、しやすい環境ではあったと思う。

たとえば、勉強と労働の合間に誰かのアパートで安酒を飲んでいるとき、

「道端でホームレスを見ると、どきっとする。自分の親かと思って」

と僕が言ったとする。世間的には眉をひそめられるような発言かもしれない。けれど夜間部の仲間たちは、無言でうなずいてくれる。彼らの存在がありがたかった。

実際僕は、ホームレスとすれ違うとき、伸び放題の髪の隙間《すきま》からのぞく耳の形や、鎖骨のあたりや、黒ずんだ布から出ている足の裏を、じっと見てしまうのだった。もしその人が父だとしても、どうしようもないのに。僕は誰かに貸せるほどのお金を持たないし、今の生活に父の存在が否応《いやおう》なしに食い込んでくる、そんな事態には耐えられそうもなかった。面倒くさいことになったら困るし、子どもをすてた身勝手な父親といっしょにいたいとはもはや思えない。手を差し伸べることは、できない。

僕の生活は本当にギリギリだった。学費と家賃を払ってしまうと、残るお金はほんのわずかで、食べるものにも困った。実家から送られてきたんだ、と仲間が分けてくれる林檎《りんご》やみかん、米、レトルト食品などにたすけられていた。つまり僕には、父のために割く余裕などまったくないのだった。

そもそも、父は遠い過去にすてた息子のことなど思い出しもしないだろう。少しでも気にかけていたら僕のことを探すはずだ。施設に訊けば、僕が今どこに住んでいてどの大学に通っているかすぐにわかるのだから。それをしないということは、僕の存在などどうでもいいということだ。僕は確信していた。父の中に息子はもういない。

就職して二年が過ぎた頃、久しぶりに大学の仲間で集まった。安居酒屋で、僕は由井さんのとなりに座った。僕らは何時間もその店にいた。入れ替わり立ち替わりトイレに立ったが、僕は由井さんのとなりに戻ったし、由井さんもトイレから帰ると僕のとなりに腰をおろした。

その頃僕は、生活が少し楽になったと感じていた。収入が増え、出ていくお金が減ったのだから、当然と言えば当然だ。

楽になったのに、僕はくるしかった。楽になればなるほど、くるしかった。

どんな流れでその話になったのか、今ではほとんど憶えていない。でも由井さんの口からそんな言葉が出てくるということは、おそらく、好い加減に酔っぱらった僕が自分の生い立ちをぺらぺらしゃべったのだろう。主に暗い面を。

そんな面倒くさい僕に由井さんが話してくれたのは、アンジェリーナ・ジョリーの言葉だ。

「もう父とは話さないの、悲しいことだとは思うけど」

アンジェリーナはそう、言ったらしい。

「私は人生に前向きでありたいし、何かを成し遂げたい。できる限りよいことをしたい、そしていい親でありたい。だから私を落ち込ませるような人のそばにいられない。父と付き合う余裕が、私にはないのよ」

だからそれでいいのなんて由井さんは言わなかったけれど、そう言ってもらっているような気がした。

気づいたら僕は、駅のベンチで由井さんに膝枕されていた。正気を取り戻し動転する僕に、由井さんはペットボトルの水を飲ませてくれた。そのやわらかい笑顔に、なぜだか涙がこぼれそうになった。上体を起こしてキスしようとしたら「だめ」と胸を押された。

首を振る、豊かな髪。切実な目に耐え切れず、くちびるを近づけた。

それから僕らは終電に乗って、僕のアパートへ行った。

引っ越しのためにレンタカーを借りた。

免許取り立ての僕は、用心しすぎて失敗ばかりした。駅前ではタクシーロータリーの列についてしまったし、途中寄ったコンビニでは縦列駐車ができず見知らぬ女性にやってもらった。うなだれる僕のとなりで由井さんは笑っていた。ドライブができてうれしいと言っていた。

新居に着いてダンボールの山と格闘していると、遠くから「えっ」と由井さんの驚く声がした。「これ、何が入っているの」小柄な由井さんは、まるでダンボールに埋もれているように見える。彼女の小さな掌が置かれた箱は、僕が梱包《こんぽう》したものだった。

「何って、かばんだけど」

「これは」由井さんは笑いをこらえて言った。「かばんじゃなくて、ムチだよ」

「ええっ!」慌《あわ》てて駆け寄った僕は、自分がマッキーで書いた鞭《むち》という漢字を凝視した。そうかこれはムチなのか。「引っ越し屋さんに見られる前に教えてほしかった……」

肩を落とす僕のとなりで由井さんはてきぱきと作業を続け、大鍋《おおなべ》を探しだした。それから二人で引っ越し蕎麦《そば》を茹《ゆ》で、笑いながら食べた。

それが二人で暮らした最初の家だ。駅から遠くて狭くて壁の薄いアパートだった。

あれから何度も引っ越しをして、家はどんどん広くなった。家族も増えた。

クリスマスやひな祭り。由井さんとテーブルを囲んでいるとき、夢じゃないかと思うことがある。家族で旅行にいけて、河子は楽しそうに歌い、由井さんが笑っている。幸せすぎるこの生活はぜんぶ夢なのかもしれない。電気の点かないあの四畳半で見た、幻。

布団にダイブしていた弟の、人懐っこい笑顔が蘇る。笑顔と同時に浮かび上がった罪の意識を、僕は、頭を振って消した。消すことでた、罪悪感は膨らんだ。

マイケルが、ふいにこちらを向いた。

「ユイチ、おれたちはたすかったぞ」

ゆれがとまっている。ほっとして、全身の力がぬけた。

シートベルト着用サインはまだ消えていない。だが幾人かの乗客は、すでに酸素マスクをはずしている。聴こえてきた機内アナウンスに、僕たちは耳をすませた。

エンジントラブルのため、那覇空港に緊急着陸するという。機材を替えてまた飛ばなくてはならないが、それでもここが日本だというだけで、安心感があった。

後頭部に回していたゴムをはずして、僕は手の中の酸素マスクをじっと見つめる。

あのときの父と、僕は同じ年になった。妻を亡くして、子どもたちを施設に入れた年齢。

今、由井さんが死んでしまったら。僕はどうなるだろう。少なくとも河子を手放すようなことはしない。それだけは言える。

でも果たして本当に、そうだろうか。

父だって、母をうしなう前はそう思っていたかもしれない。僕を探さない父と、弟を探さない僕に、どれほどの違いがあるというのか。

本当の絶望を、僕はまだ知らないだけかもしれない。

イスラム男性がていねいな手つきで手帳をたたみ、胸ポケットにしまっている。彼は、最期《さいご》の言葉を誰にあてたのだろう。

アーメン。どこからか感謝の祈りが聴こえてくる。

飛行機が着陸態勢に入った。近づいてくる那覇の街並みを僕は眺める。

長い間、父をゆるせないと思ってきた。でも今は、それで自分を追いつめなくていいよ、と思っている。とりあえず今日は、そう思っている。

機体が無事、地面に接した。機内に万雷の拍手が鳴り響く。

＊

桐原と私のいる中庭に、拍手が降ってくる。女子の声援や、男子のはやし立てる声とともに。

「加奈子、がんばれー」

いつのまに集まったのか、大勢の生徒が新校舎の二階や三階から見下ろしていた。

けれど私は、桐原の顔を見ることすらできない。緊張しすぎて、喉がカラカラになった。時間の感覚がなくなった。桐原が現れて三分なのか、三十分なのか、見当もつかない。私はポケットの中のメモをぎゅっと握りしめた。

言葉が、口から出てこない。息が詰まって胃がせり上がる。

「大川、言え！」男子の声が降ってきた。それを合図にみんなが口々に何か言い、その声は、赤や黄の枯葉とともに私の肩に舞い降りた。勇気をふりしぼり、顔を上げて桐原を見た。

今でも私は、あのときの彼の表情を思い出すだけで絶望に落ちることができる。

桐原は、明らかにいらついていた。たじろいでしまうほどに。

三十代の今なら、それを察知した段階で「ごめん、好きだって言いたかったの。無理だってわかってるけど言いたかっただけ。恥ずかしい思いさせてごめんね」とかなんとかぱっと言ってぱっと去るだろう。でも中三の私は、そうできなかった。

あろうことか、そこからまたしばらくもじもじしてしまった。口笛や笑い声を浴びながら、照れて、にやにやして、でも心臓は破裂しそうで、心は真っ黒だった。

そして結局。私は一言も発することができなかった。

桐原が発した言葉は、たったひとつ。

「もう行っていい？」

うなずくしかなかった。


高校一年の夏祭りで、浴衣《ゆかた》姿の二人を見た。

「まーだ付き合ってたんだ！」いっしょに神社に行ったカオリがさわいだ。

紅《べに》の化粧すりゃ恋《こい》ケ窪《くぼ》。三波春夫《みなみはるお》の唄う国分寺音頭が、境内に鳴り響いている。焼きそばや林檎飴《あめ》の匂《にお》いが漂う中、人ごみに紛れて彼らに近づいた。二人は、手をつないでいた。

桐原の高校の先輩らしき男の人が来て、桐原にローキックをかました。

「彼女ちっちゃいなー。コンビニとかで見失ったりしないの」

「たまに、棚で隠れて不安になることがあります」

答えた桐原に、由井が軽く腰をぶつけた。

笑い合う二人を見ながら私が考えていたのは、絶望についてだ。

絶望には二種類ある。何かをうしなう絶望と、何かを得られない絶望。私の絶望はいつも後者で、手に入らないものを渇望するのは、本当に屈辱的なことだと思った。

「メガネ曇ってるよ」由井が言い、思い切り背伸びをして、自分の浴衣の袖《そで》を向けた。桐原は慣れたように腰をかがめて由井に顔を近づける。片方だけ雑なぬぐい方をされたメガネの桐原は間抜けだったけれど、どうみても幸福そうだった。

でも、と私は思う。何かを得られない絶望の方が、断然マシだ。すでにあるものをうしなう痛みよりは。

うしなうのは怖い。自分の平和な今が、一瞬にして変わってしまうことだから。大事なものをなくしたときにする後悔は、どこまでも底なしに深いだろう。その暗《くら》闇《やみ》はきっと私をのみこんでしまう。いつかうしなうくらいなら、手の届かないものを望んだりしない方がいい。

祭りのあと国立《くにたち》のジョナサンに行ったら、最悪なことに桐原と由井がいた。桐原は、自分に運ばれてきたドリアのひと口目を、まず由井にあげた。なんとなく神経質そうなイメージがあったからそういうことをするのが意外で、また胸が痛んだ。

「桐原って、特殊な好みなんじゃゃん?」とカオリが言った。

「やっぱそう思う？」

「思うよ。ミクロに対する独占欲っていうかさ、なんかああしてるとペットみたい」

カオリが笑ったので溜飲《りゅういん》が下がった。それが二人を見た最後だ。

インターフォンが鳴って、ピザが届いた。

『今までの人生でいちばん後悔していることは何ですか』

支払いを済ませてリビングに戻ると、テレビの中で女子大生が『えー』と身体をくねらせているところだった。『あした身体測定なのに、オレオひと箱食べちゃったことですかね』

「どーでもいい！」

『お肉も白ごはんもニガテなのに、お菓子だけはどうしてもやめられなくて』

「おまえは水菜でもくっとけ」

ワイドショーに突っ込み続けて、ふと思った。中三のあの秋、大声でひやかしていた彼らも、今の私と同じようにただ暇なだけだったのかもしれない。外野はいつも勝手なことを言う。

もしも、私が質問されたとしたら。

「今までの人生でいちばん後悔していることは何ですか」

私は、なんて答えるだろう。

考えながら箱を開ける。チーズのにおいがツーンと鼻をついた。

悔やんでいることなんて、いくらでも思いつく。たとえば、桐原に告白できなかったこと。あれは私の人生最初の後悔だ。あの中庭で、たとえ告白できたとしてもうまくいかなかっただろう。けれど、それでも、私はちゃんと言いたかった。あなたが好きだと伝えたかった。あのとき言えていたら、その後の人生は幾分違ったものになっていたような気がする。

ピザを一切れ持ち上げた。長く伸びたチーズごとほおばる。あの後悔は、長く尾を引いた。高校でも短大でも、私はいつもどこか桐原に似た人を好きになった。うまくいくこともあったけど、いかないことのほうが多かった。咀嚼《そしゃく》すると、甘酸《あまず》っぱいトマトソースが口内にひろがり、チーズが歯や頬の内側にくっついた。また新しいピザをつまみあげる。

桐原のあとにも、いろんな後悔があった。

真剣に勉強しなかったこと、稼ぐ力をつけなかったこと、あんな浮気野郎と結婚したこと、ダイエットをしなかったこと。いっぱい諦《あきら》めてきたこと。したことへの後悔。

しなかったことへの後悔。考え出すと止まらず、あとからあとから浮かんでくる。私は半ばやけになって、苦い過去といっしょにピザを呑《の》みこんでいった。すべて食べ終えると、証拠隠滅のため箱をちいさく折り畳み、まったく関係ない紙袋につつんですてた。もしも今日の昼なにたべたか訊かれたら、納豆ごはんと答えよう。誰にも訊かれないだろうけど。

ソファに横たわる。満腹後の睡魔がやってきた。瞬《まばた》きをするたび、眠りの穴が深くなっていく。睫毛《まつげ》がスコップの役割を果たしているみたいに。

中学生だった私は、もうすぐ四十。私たちは瞬きをするごとに年を取っていく。この調子でいけば、目がさめたらいつの間にかさらに二十年経過、そんな日が来るかもしれない。

私は二十年後も、今と同じように諦めているのだろうか。

うしなう絶望は怖いからと、自分では何も変えようとせず、日々に流されて。もしかすると、それがまたこの先の後悔に繋《つな》がるかもしれないのに。

二十年後の私は、今の私がいったい何をしていたら喜ぶのだろう。

『子どもを手放しちゃったことかな』

かすれ声が聴こえて、私は重たいまぶたを持ち上げた。ぼんやりと画面を眺める。

おじいさんはゴマ塩頭の痩身《そうしん》、腰がすこし曲がっている。酒焼けなのか日焼けなのか、顔が赤黒い。

『奥さんが死んじゃってね、おれはいろんな土地を転々とするような仕事だったから、子どもを育てらんなくて、施設に預けたの』

おじいさんには、喉仏《のどぼとけ》が二つあった。通常の位置と、鎖骨の真ん中に。

『でも今となっちゃ全部言い訳で、もうちょっとなんとかできなかったかなあって、毎日思う。情けない、申し訳ないって。ひとめ会いたいけど、あんなことしといても合わせる顔ないし。こんなじじいになってからじゃ、遅いもんな』

『差し支えなければ、どんなお仕事されてたんですか』インタビュアーが尋ねる。

『昔は船のってたんだけどね、身体《からだ》壊しちゃって。そのあと？　いろいろやったよ、便利屋の手伝いとか、看板持ち、ビラまきも。流れ流れて、沖縄に着いたの』

『じゃあ、最後に、お父さんの夢を教えてください』

『夢？　もうねえな』

『そうなんですか？』

おじいさんは悲しそうに笑って、言った。

『息子だけだよ。他になにもない』

穴底の部屋

鳩《はと》が手すりを歩いている。

赤い脚は空の色。あんな場所をよく歩けるものだ。そういえば鳩がすべって落ちるところを見たことはない。

あんな場所を、たまに猫も歩く。

「ねえ泉さん」

リビングで義母が声を張るのと同時に鳩は西日射《さ》すベランダから飛び立った。

「このマンションに三つ子ちゃんが越してきたのよ。三つ子よ。治療かしら、やっぱり」

「そう、ですかね」皿と菜箸《さいばし》を運びながら、わたしは曖昧《あいまい》に首を傾《かし》げる。

鍋《なべ》の材料を盛った皿は不安定で、今にもキャベツがこぼれ落ちそうだ。

「でも、卵は二つまでしか戻せないんじゃなかった？ということは海外かしら。アメリカとかで治療してたらもっとたくさんの卵を戻させてくれそうじゃない？　タイだと性別も選べるんですって。こないだ雑誌で見たの。九九・九パーセントの成功率。どう思う？」

どうも思わないので答えようがない。何もあげられないときは笑顔をあげなさい。そう育てられたわたしは、ほほ笑みだけを返す。

仕事で忙しい母の代わりに、祖母がわたしを育ててくれた。その祖母は今施設に入っている。月に二度、娘のえみを連れて会いに行く。祖母はもうわたしのことがわからない。

「そろそろ考えた方がいいわよ」義母が身を乗り出した。コーヒーくさい息が顔にかかる。「万が一うまくいって今すぐできたとしても、生まれるころにはえみちゃん四歳でしょ？　あんまり離れるとよくないわよ。費用ならあたしがもったっていいんだから」

瞬時に五感のひとつを閉じられる道具もしくは方法が、いつか発明されるだろうか。目を閉じずに見えなくなりたいし耳栓をせずに聴こえなくなりたい。

もしかしたら百年後の世界にはそんな便利なものが登場しているかもしれない。そのときわたしは死んでいる。けれど、娘は生きている可能性がある。

「でもできないってどういうことなのか、あたしにはいまいちよくわからないのよねえ」

もしそれが百五十年後なら、今生きている人間はみんな死んでいる。ごっそり全員入れ替わり、えみだってもうこの世にいない。えみが考えうる限り最上の人生を送ってしずかに穏やかに亡《な》くなるとしても、たとえそれが自分が死んでしまったあとの出来事だとしても、わが子の命が尽きることを想像するとちょっと耐えがたいものがある。

「前に一度話したことがあるかもしれないけど、あたしはできやすい体質で、なんせ二回も中絶したから」

義母の口から飛び出した言葉は霧スプレーから噴射される微粒子となって、わたしの身体《からだ》をまんべんなく湿らせる。こんなことには慣れているし大した話じゃない、五秒の思いつきで出たセリフに五日落ち込むなんて時間の無駄だ。いつも通り自分に言い聞かせるけれど、頭のてっぺんからつま先までぐっしょり濡《ぬ》れたわたしの身体は重みを増して、地球の底までひきずられてしまいそうだ。

ふいに義母の顔が輝いた。玄関で鍵《かぎ》の差し込まれる音が高く響く。あの音を聞くといつも、自分の脳みそに鍵を突っ込んでかき回されているような気になる。結婚して家を出た長男がいまだに実家の鍵を持っているということが一般的なのかどうか、わたしにはわからない。リビングに入ってきた夫は、張りつめた神経と一体化した背広を引きはがしソファに置いた。義母が眉《まゆ》をひそめる。

「もしかしてあなたたち、いつもこうなの？」

「何が？」

「妻が旦那《だんな》様を玄関まで出迎えに行かないのかって話」

「いつの時代の話だよ」吹きだして夫はえみの股間《こかん》をぎゅっとつかんだ。「濡れてるじゃん。またかぶれるぞ」

近くにあったトートバッグを引き寄せおむつやおしりふきを取り出す夫を見て、まあーと義母が声を上げた。

「今どきのパパは仕事から疲れて帰ってきたとたん、おむつを替えなきゃなんないの。たいへんねえ」

「そう言うけどね、俺なんて夜しかいないんだから」

「だからって、いくらなんでもねえ」

「なあ」

夫がわたしの視線を捉《とら》えようとする。ううん、ありがとう。わたしはほほ笑みを返す。

「家に帰ったらシャワーで流してやろうな」

「いいわねえ、若いパパはなんでもやってくれて。あたしのときなんか」

目をつぶって、あけたら一気に二時間過ぎていたらいいのに。夫と義母のやりとりは会話というより歩行者信号や炊飯器が発する音のようで、ただそこで鳴っている。

　二〇〇〇年問題が一段落してから夫は営業部に異動になり、ごく稀《まれ》だけれどもこうして早い時間に帰宅できるようになった。それまでいた部署は猛烈に忙しかったらしい。らしいというのは、夫がメールで送ってくる「残業」「出張」「飲み会」「ゴルフ」そのどれが本当でどれが嘘《うそ》なのか、わたしにはわかりようがないから。休日出勤どころか夫は大晦日《おおみそか》も帰ってこなかった。会社に泊まり込み、寝袋に入ったまま元旦《がんたん》を迎えたのだという。昼夜関係なく泣き叫ぶ赤ん坊のえみを抱いて、わたしは家にひきこもっていた。電話をかけても繋《つな》がらないからかけなくなった。長い不在を経た今ではもう、夫婦の会話の仕方すらわからなくなってしまっている。

　風呂《ふろ》上がりの義父がリビングに入ってきて、義母は立ち上がった。義母はもうすぐ六十五歳になるとは思えないほどすらっとして、姿勢がよく服装も若々しい。けれど肘《ひじ》のたるみは年相応だ。一歩あるくたび骨から離れた皮膚がゆれる。わたしはその垂れた皮膚をじっと見つめる。

今夜はトマト鍋だ。この家の食卓にはよく鍋が登場する。オレンジ色のル・クルーゼに、海老《えび》とホタテを入れた海鮮風。ベーコンも鶏肉《とりにく》も豚肉団子も入っているから、なにがなんだかよくわからない。でも今のうちにと思って自分とえみの分を取り皿によそう。義父と夫は上機嫌で白ワインをのんでいる。夫が買ってきたわたしの好きな銘柄だが、わたしのグラスには注がれない。義母は酒のみの女がきらいなのだと結婚前に聞かされた。

「そろそろ、おむつにバイバイしましょうねー」

義母に言われてえみが恥ずかしそうにする。

「プレ幼稚園もはじまったし、お友だちに見られたらはずかしいですよー」

そういうプレッシャーは、という言葉が喉《のど》まで出かかるがなんとかのみこむ。ここにいると、発さずにのみこんだものたちで食道がふさがっていくような心持になる。

「確かにそろそろ何らかの対策をとった方がいいかもしれないな」夫が義母を援護するように言った。我が意を得たり、と義母がうれしそうに頬を上げる。「ミレニアム・バグでもさ、ミサイルの誤発射とか飛行機が墜《お》ちるとかさんざん騒がれたのにふたをあけてみれば大きな混乱は起こらなかっただろ。そもそも心配するほどの危ないことなんかなかったんじゃないの、なんて言う人もいるけどほんとわかってないよな。対策を行った結果として平穏無事だったんであり、何の対策もとらなかった場合は重大な問題が発生してたんだよ。プログラマーやSEの苦労を一般人は全然わかってない」

「そうよねえ。あのときは大変だったものね、まともな食事もとれずに痩《や》せちゃって」

平凡な日々は誰かの犠牲で成り立っているのだ、というようなことを夫と義母は口々に言い合った。それがおむつとどう関係あるのか、この件で犠牲になるのは誰なのか、考えようとしたけれどすぐに放棄した。

鍋が終盤にさしかかり、義父が腰を浮かせた。

きた、と身構えるわたしに気づく人はいない。義父は自分の取り皿をル・クルーゼの上に持っていき、くるっとさかさまにした。濁った汁と具の残骸《ざんがい》が鍋に落ちていく。ぽちゃんと音がして鍋のまわりに赤い汁が飛びちった。

ほんとうは今すぐこの場を離れたい。でもできないからさりげなく顔をそむけ、呼吸を最小限にして、娘の口にスプーンを運び続ける。義父と同じことを、夫もした。

義母も。夫の弟がいるときは、彼も自分の汁を鍋に戻す。それからいつものように、義母によってしめのごはんが投入される。おじやを作る際の水分調整のためだという この儀式をはじめて見たときは衝撃だった。何かの間違いだと思った。いやと言えず、つがれたどろどろのおじやをスプーンですくって口に入れた。飲み下すのに時間がかかった。

今日のおじやにはさらにチーズがのっている。とろとろのどろどろ。

「そういえばさ」と夫がふいに顔を上げた。視線がかする。「ヤフートピックスにのってたんだけど、二卵性双子の父親がそれぞれ違ったっていうニュース、見た？」

「うそ、そんなことってありうるの？」義母が目を見開いた。唇の端とほうれい線のあいだの乾いた溝《みぞ》に、トマトの汁が入りこんでいる。「治療？」

「それがさ、たんに浮気してできちゃっただけらしいんだよ。しかも、すでに上に子どもが四人もいて」

「なあにそれ、ひっどい。でもそんなの日本じゃなくって、どこか外国の話でしょ？」

「まあそうだけど」

「そういう子だくさんの女の人って意外ともてるわよねえ。生物学的に優れているっていうことを、男の人が見抜くのかしら」


「お義母《かあ》さんの写真、持ってない？」

「いや、持ってないけど」さっきまでとは別人のように乾いた声で夫は言う。「なんで」

「S駅近くのベーカリーで、似顔絵入りの誕生日ケーキをはじめたんだって」

へえと言ったきり夫は口をつぐみ、ふたたびタクシーのシートに身を沈めた。

自宅へ戻ると夫は当然のようにひとりでシャワーを浴びた。おむつだって夫は、他人の目があるところでしか替えない。わたしはえみの身体を洗い歯を磨いた。髪を乾かしてベッドに入れ、絵本をひらく。三冊読んで照明を落とした。

猫さんの声がするね。目を閉じたままえみが言う。耳をすませると、たしかにどこからか甘えるような鳴き声がした。窓から射し込むかすかな月明かりに、えみのまつ毛がふるえている。

寝かしつけのときはいつも、わたしも寝たふりをする。そうしないとえみが寝ないから。もっちりとして甘くやわらかいぬくもり。まどろむ脳にうつくしい尻尾《しっぽ》がするりと入り込んできた。猫はまだ鳴いている。

えみのまつ毛のふるえがとまったのを確認してから、そっと子ども部屋のドアを閉めた。夫はソファでワインをのみながらテレビを観《み》ていた。ディスカウントストアに行ってきていいか尋ねると、こちらを見もせず「どうぞ」と言う。

エントランスを出ると、春の夜の心地よい風が吹いてきた。

大通りを駅に向かって歩きながら、簡潔なメールを送る。返事は一分も経《た》たないうちに届いた。そのあまりの速さに若いなあと頬がゆるむ。切符を買い、改札を抜けて下り線のホームに立った。ディスカウントストアはS駅のそばにある。S駅に行くためには上り電車に乗らなくてはならない。人目を避けるように最後尾に乗り込んだ。車窓を流れていく灯りたちは何かの暗号のようにぱちぱちと瞬《また》き、「次はK駅です」というアナウンスが共犯者めいて聴こえる。ホームに乗客がいなくなってから、階段をゆっくり下りた。

K駅前にはバスロータリーが広がっている。そこを抜けてひたすら直進し背中がじっとりと汗ばみはじめるころ、ようやく図書館が見えてきた。ちかん注意の看板を横目に裏道へ入る。ゆるやかな坂道に間隔をあけて立つ街灯が、狭い範囲をじんわりと照らしている。

ひっそりと静まり返ったその暗い道を、わたしはどこまでも下っていく。道のどん詰まりまで来て振り返った。道はしんとして、生き物の気配がまるで感じられない。砂利を踏んで、古いアパートの敷地に入った。

一階のいちばん奥。鍵穴に合鍵を差し込むと、木材の薄い感触が手に伝わってきた。この安っぽい扉がわたしには、ときどきおとぎの国への入口のように思える。

ドアノブを引くと、こたつ布団《ぶとん》のないこたつに寝ころんでいた高山はかすかに顔を上げて「んあ」と言った。長めの前髪が流れ、腫《は》れぼったい一重にからめとられる。

わたしは高山に出会うまで、女の性欲は男の勃起《ぼっき》みたいに単純なものではないと思っていた。それは間違いだった。女の性欲もじゅうぶん簡単で、毎回スイッチを押すみたいにたやすく切り替わる。

幅広の目に欲情を悟られないように、彼に背を向けて扉を閉めた。室内にはしっとりとした日本のロックが流れている。ハイハットがやさしくすり寄ってきて、からみついてわたしの身体の輪郭をなぞりあげた。

かすかにキムチの匂《にお》いがする。ひと一人立つのがやっとの玄関から、すぐ横の台所に目をやる。金色のデコボコした大きな鍋が食器かごに裏返して置いてあった。シンクには白菜や豆腐のくずが残ったままだ。うす水色のタイルにオレンジ色の染《し》みが飛びちっている。

何かに耐えるようにじっと目を閉じている高山に見惚《みと》れながら靴を脱いだ。足先がゴミ袋にぶつかってカランカランと音を立てた。発泡酒とチューハイの空き缶があふれ出そうなほど詰まっている。

「この曲いいね」さっきいってきますと言ったのとはまったく違う声が出た。

「でしょ」かすれ声で高山が答える。

「二日酔い？」

「うん。泉さん、水くんできて」

ピンクがかった白い手の甲が動いた。その数ミリで、わたしは自分の体内に子宮があることを実感する。ここへ来ると必ず、心臓や胃や、体内にあるあらゆる臓器の存在を思い知らされる。

くもったグラスを持ち、蛇口をひねる。勢いよく出た水道水があふれそうになった。この家には浄水器もミネラルウォーターもない。出窓の突っ張り棒に洗濯物が干してある。Tシャツは皺《しわ》くちゃのままかけてあり、靴下のかかとには穴があいている。洗濯洗剤の香りがうちのものとは違う。床に散らばっているCDケースやホラー漫画、『リーガルクエスト』『刑事訴訟法』といった難解そうな専門書、スナック菓子のくず、レトルトのミートソース、通帳、爪切《つめき》りなどを踏まないように、つま先立ちで歩いてこたつに辿《たど》り着いた。

「ありがと」ハスキーに言って高山は、抱っこをせがむ子どものように両腕を伸ばしてくる。グラスをこたつに置いて、二本の腕が作る太い道に身体を沈めた。

高山の指先が首すじにふれ、鳥肌が立った。首のうしろで長い指が絡《から》まり体重がかかる。起き上がるなり高山はうっと吐き気をこらえるように顔をしかめ、また目をつぶった。手探りで頭痛薬の箱を取ろうとしているので、つかませてあげた。

笑ってしまう。なんてばかなんだろう。

「二日酔いでバファリンはだめじゃない？」

「なに言ってんの、頭痛にはこれがいちばん効くんだよ」

高山は錠剤を口に放り込み、水で流し込んだ。そして再びどさっと倒れる。薬が効いてくるのをただ待つように、じっとしている。形のいい唇がひらいた。

「んじゃあ、泉さんは二日酔いのとき何のむの」

「麦茶」

「うえー、味のないのみものなんてやだ。薬は？」

「薬なんてよっぽどのことがないとのまない」

「よっぽどって」高山が苦しそうにうめく。「月に何回くらい」

「年に一回か二回」

ふーん、と言いながら高山はわたしの手首をつかんだ。彼につかまれるといつも自分が華奢《きやしや》な女に思える。それが手首でも首でも腰でも。こたつの同じサイドに引きずり込まれ、広い胸の中にくるまれた。煙草《たばこ》の匂いはきらいなのに、ここにいるときだけ好きになる。

「夜に来られるなんてめずらしいじゃん」

「うん、時間がとれたから」

「ちょうどよかった、泉さんに訊きたいことがあったの。AV見ててさ、泉さんに似た人が出てくるとどきっとすんだよ。そういうの、ないよね?」

高山の口からはいつも、予想をはるかに超えた言葉が飛び出してくる。ほんとうにこの子はなんてばかなんだろう。彼といると意表を突かれることばかりだ。

さあどうだろうねと笑いながら彼の背中に手を回し、撫《な》でてやる。浮き出ている背骨の一本一本が長い。ゆっくりさすっているうちにわたしの指ととけて混じり合いそうだ。

「大学の子たちが遊びに来たの?」

「うん来た、キムチ鍋して今朝帰った。なかなか帰んないから困った。まだおる！って」

わたしの髪に顔をうずめ、彼は思い切り息を吸い込んだ。高い鼻梁《びりょう》の感触。今ここにいながらわたしはもう、この肌の匂いやなめらかさを思い返して愉《たの》しむ明日が想像できる。

「女の子も来たんでしょう」

「来たよふたり」

「どちらかに、付き合ってって言われたことがある？」

「どっちもだよ」

ふうん、と言って背を向けすりぬけようとするのを、うしろから強く抱きしめられた。肋骨《ろっこつ》のくるしさが心地いい。嫉妬《しっと》したふりをするのも前戯の一環。長い腕が前で余る。

「オッケーはしなかったの？」

「ひとりは付き合いそうなところまでいったんだけど、やめた。高山くんが何考えてるかわかんない、とかめんどくさいこと言うから」

「そこがあなたのいいところなのにね」

そう言って仰ぎ見ると、お、という顔の高山と視線が合った。

「ねえ、泉さん」

「なに」

「しゃぶって」

「体調悪いんでしょ？」

「それとこれとは別じゃん。ていうかむしろ」高山がわたしの手をとって導いた。

「ほら」

ジャージを突き上げる性器。わたしの肉体にはない種類の硬さだと思いながら、ゆっくり顔を近づけていく。

いつか高山もだれかと結婚するのだろうか。そうなったら、今わたしがしていることをするのは高山の妻で、高山の大きな掌《てのひら》は妻の頭に置かれる。それは今わたしに夫がいるのと同じくらい当たり前のことだ。きっと彼にはタキシードより和装が似合う。雅楽の音色とともに入場の扉がひらいて、紋付き袴《はかま》の高山が披露宴会場に入ってくる。長い目尻は会場でなにをとらえるんだろう。参列者たちの笑顔、光るグラスと拍手、豪華な食事。わかるのはそこにわたしがいないということだけ。すそを長い脚でさばき、ゆっくり場内をねり歩く高山を想像すると、ため息がもれそうになった。見たくて。かなしいからではなく、見たくて。反り返った性器が遠ざかりそうになって、舌を長く伸ばした。

「うわっ、泉さんいやらしい」

見上げたら目が合った。わたしの舌と彼の先端から、唾液と体液のまざったものがつり橋のように糸をひく。ちゅっと吸って頬張ると、わたしの唇は高山の形に丸くなった。彼の唇の端から途切れ途切れに、小さな呻《うめ》き声が漏れ出る。

「ニキビできてるよ」くわえたまましゃべると高山は悦《よろこ》ぶ。「おでこだから、思いニキビだね」

「思ってないもんね」高山は優勢を取り戻すように言った。「でもさ、俺ほんとに最近めんどくさいの。同じ年とかちょっと下の子って、好きをガッと持ってきて、付き合って、あれしてこれしてって言ってくるじゃない？　告白だけならそれはその子の気持だからそうですかでいいけど、付き合ってって言われると答えを求められるからもう無理だよね」

わたしは、と言って口を離した。名残惜しそうな高山の目を見つめながら、今度は柔らかい袋の底をくすぐるように舐める。うっすらと口を開け、高山は眉根を寄せた。薄い皮膚を舌先でやさしく転がしてから、頂上までゆっくり舐《な》めあげる。

「わたしは高山くんに、好きとも付き合ってとも言ってないよね」

「だからいいんだよ」高山はしょっぱい透明な液体をたらたら垂らしつつうなずいた。

「好きだったら、好きって言うけどね」

次の瞬間、脇《わき》の下に分厚い掌が差し込まれ勢いよく身体を引き上げられた。そのまま抱いて立たされ、背中を壁に押しつけられる。高山は片手でわたしの両腕を抑え込み、もう片方の手で自分の性器を握りしめた。まだコンドームを装着してない。慌《あわ》てて腰を引いたが男の強い力でぐっと密着させられる。磔《はりつけ》にされた恰好《かっこう》で逃げられない。

「やめて。ちゃんとつけてよ」

「むり。泉さんが生意気言うから。罰として今日はこのまま入れる」

「やだ、だめだってば」

「仕方ないよね。あんな偉そうな口きくんだもん。ほら、ごめんなさいは？」

膣《ちつ》の入口を広げられる感触に消え入りそうな声で謝ったらやっと、銀色の封を破る音がした。腰を引き寄せられる。押し開かれた場所に彼が入ってくる。

半分くらい沈めたところで、高山は股《また》の間の突起をぬるぬると弄《もてあそ》んだ。

「いや」

「しての間違いじゃないの？」

さらに強くつままれた。

「泉さん、声でかい」半笑いで首すじを甘噛《あまが》みしながら、奥の奥へと押し込んでくる。高山がわたしを揺すり上げる。上がっては落ち、上がっては落ち、わたしは何度も落ちた。


幼稚園バスから、子どもたちが降りてくる。コインを入れて回すと飛び出してくる、丸い色とりどりのガムみたいに、次から次へ。

「ママ」えみが駆け寄ってきた。「ただいま！　みてこれ」

「わあ、こんな上手なの、先生が描いてくれたんでしょう」

「ちがうよー。えみちゃんだよー」

あちこちで似たような光景が繰り広げられている。子どもたちは母親に園での出来事を語り、つくってきた工作を見せる。母たちは拍手し、頭を撫でておおげさに褒める。一人の男の子がおもむろに歌い出した。つられて別の園児も口を縦に開けて歌い出す。五月のはじまり、午後の日差しあふれるロビーに幼児たちの歌声が響く。白い光が満ち、母たちはわが子をほほ笑みながら眺める。このマンションが世界で一番平和な場所のような気がする。ここにいれば安心だ。そう思うのに、ここにはいない人のことが頭にちらつく。

わたしがあの部屋を出るとき、高山は必ず尋ねる。

「次はいつ？」

はじめて訊かれた雪の日の悦びは忘れないし、きっといつか訊かれなくなる日が来るのだという覚悟もある。

「あ、バアバ！」

えみの声に顔を上げると、すっと背筋を伸ばした義母が歩いてくるところだった。

またアポなし？　ママ友のひとりに耳打ちされ、苦笑する。

「おいしいお菓子をいただいたから、おすそわけ」

義母はにっこり笑って、持っていた高級和菓子店の紙袋を掲げた。

階段を上がりながら、掃除の行き届いていない部屋のことを考える。干しっぱなしの洗濯物がある。見られたくない下着もある。けれど真っ先にベランダへ行くのも変だ。お茶を出してからとりこもう。

手洗いを終えたえみが洗面所を出ていったとき、ポケットで携帯電話がふるえた。洗面所の扉を指先でそっと押して閉め、メールをひらく。

今、何してる？　という言葉は不思議で、相手に対する自分の気持がわかる。会いたい人なら絶対うれしい。会いたくない人なら絶対うれしくない。

——今日は時間ないの?

顔を見なくても、声すら聴かなくても、その人から送られた文字を見るだけで子宮にくる男なんて、一生にひとりしかいないんじゃないだろうか。そこまでの男と寝ることができた自分をとてつもなく幸運だと思うが、それがどうしてあの子なのか、彼でなくてはそういう感情がかき立てられないことの意味はなんなのか、不思議でたまらない。ばかで、すこし情けなくて、突拍子もないあの子が、どうして必要なんだろう。携帯電話を手に考え込む自分が、三面鏡に映っている。明晩なら。そう送るとすぐに返信がきた。

——ミョウバンじゃなくて今晩がいいんだけど
こういうやりとりを、高山も楽しんでいるのだろう。夫に送るメールの文面を考えながらトイレに入って用を足す。水を流そうとしたら、あると思った場所にレバーがなかった。不思議に思って振り返る。

そこに水洗レバーがあるのは我が家ではなくて、高山の部屋のトイレだった。

——ミョウバンはだめなんだよ、地元の子が来るから。泉さん突撃してこないでね
お義母さんが遊びに来て下さったと送ると、夫は営業先から直帰すると返信してき

た。

ありがとうと送る。ありがとう。いったい何に対してのありがとうなのか、わからなくなる。すぐ返事をくれてありがとう。早く帰ってきてくれてありがとう。あの子に会いに行かせてくれてありがとう。

義母から離れた場所で洗濯物をたたみながら、高山へのメールを作成する。あきましたよ、と送信した。身体があいたことを示したつもりだったのに、五分経ってやっと返ってきたメールは、

──飽きましたよ　↑こっちかと思ってビビった

ふっと四肢の力が抜ける。脱力して、楽になる。

洗濯物を仕舞ってから、寝室でカメラを探していると「デート」という単語が聴こえてきて、どきっとした。

「まーくんは、デート。わかる？　えみちゃん」

「わかるー」

ふたりはリビングで、夫の弟の話をしていた。

「先週だったかしら、彼女を連れてうちに来たのよ」わたしがリビングに戻ると、義

母は秘密をうちあけるように言った。「まだお若いお嬢さんなんだけどね、期待以上によかったの。育ちのよさがにじみ出てるっていうか。ドタドタ歩かないし、咳《せき》の仕方にも品があって。あとはなんといっても、歯並びがよかったわ」

「歯並びも育ちと関係あるんですか？」

そんなわかりきったことをなぜ訊くの、というように義母は眉を上げた。

「あるわよ、大ありよ。歯並びって小さいうちに親がなんとかしてあげるものなの。歯は、家庭の通知表だもの。ほらいるじゃない、たまに大人になってから矯正する人。あれって貧乏くさいのよね。貧乏人がちょっと小金を持つとああいうことをやりたがるの」

誰かの歯についてそこまで考察したことがなかったわたしは、人様のことを詳細に観察している義母を、ある意味すごいと思った。わたしもそうやって観察されてきたのだろう。カメラを向けると義母は、あらなにやめてと言いながらも目を強く見開いた笑顔を向けてきた。フラッシュが瞬く。カメラ屋さんに行ってきていい？現像した写真をこないだ話したベーカリーに持っていきたいの。問い合わせしたとき、写真を渡す期限は今日までだって言われてたの忘れてた。外出する口実を考えながらわたしはシャッターを押し続ける。そのあともし時間があったら本屋さんに寄ってきていい？

「だからね、あの女の子より断然いいわよ。ええと、二年くらい前かしら。泉さんとお茶してるときS駅前で見かけた、髪がぱさぱさの。いやだ泉さん、わすれたの？　見たじゃない。あたしのお気に入りのベーカリーのイートインスペースで。まーくんが女の子と歩いていたでしょ。ほら、あの、シンバル持った猿の人形みたいに笑う子」

唾液《だえき》の混ざった汁を鍋に戻すことより、人様のたいせつな娘さんを猿みたいと言うことより、大人になって歯列矯正するほうが品のないことなんだろうか？

甘いものやお酒を買い、高揚を抱えてあの人の横顔のうつくしさを思いながらふわふわとアパートへ向かう。このよろこびはやめろと脅されてやめられるものじゃない。誰かに見られたらという不安は会うたびごとに薄まって、ふとした拍子に足がすくみかけるのだけど、あの一重で組み伏せられたい欲に流される。

「Tバック穿《は》いてきたー？」

高山はわたしのスカートをぱっとめくって、お、やっぱり、とにやけた。やめてとすそをおさえながらも、すべてが気楽で、解放された気持になる。

「今日は泉さんに会えたからいい日だ」

「そして明日も地元の女の子が来るからいい日なんでしょ」

「うん。国分寺でいちばん可愛《かわ》い女子高生。いや、二番かな。俺のファンなんだって。だから泉さん、イヤリングとかわざと落としていかないでね」

「イヤリングなんてふだんからしてない。ねえ、そんな話して、わたしを妬《や》かせたいの」

「妬かせたいね」

怒ったふりをしてあげた。高山が満足げな表情を浮かべる。

わたしは本当に怒っているときは怒らないし、本当に嫉妬しているときは嫉妬しない。

わたしのための時間がもう二度と作れないと言われたら、ちょっと困る。でも高山が他の女の子と寝ることに対するやきもちはなかった。だって高山が何をしていようと、わたしに何か言う権利などないから。それに、関係がない。もっと言えば、この先彼がどんな道を歩もうと、司法試験に合格しようが、企業に就職しようが、ニートになろうが、わたしには何ひとつ影響がない。突き放す気持ではなく、単なる現実としてそう思う。でももちろん、そんなことは口にしない。

「その女の子は、わたしのこと知ってるの」

「知らない。言うわけないじゃん」

「じゃあなんでわたしにはその子のこと話すの」

「泉さんは、ぜんぶ包んでくれそうだから」

ばかばかしくて目を逸《そ》らした先に、せんべい布団があった。枕《まくら》の脇には飲みかけの缶コーヒーとコンドーム。コンドームはLサイズで、箱に象の絵が描いてある。コンドームにサイズがあるなんて高山と出会うまで知らなかった。あのコーヒーが脳天直撃の甘さであることも。わたしは日常で甘いのみものなどのまないから。

「コンビニでタンポンの品出しするときさ、いっつも泉さんのこと思い出すんだよ。泉さんていうか、泉さんの、このお尻《しり》だけど」高山がわたしの臀部《でんぶ》をぎゅっと揉《も》んだ。

わたしの知らない高山の日常は、おそらくもう少し恰好つけている。わたしに口走るようなことを、同年代の子にはきっと言わない。

もしも高山がクラスメイトだとしたら、わたしは彼を好きにはならないだろう。あんな通俗的な男が好きなんて痛い女子だと彼のファンを嘲笑《ちょうしょう》するかもしれない。

「ねえ泉さん、このビールなーにー？　海外のやつ？」

けれど、尻を揉みつつもう片方の手を成城石井の紙袋に突っ込む愛らしい今の高山は、わたしにとってなくてはならない存在だ。ほかの誰とも替えがきかない。

「ううん、国産。雑誌で見てずっと気になってたの」

ふーん、高山は興味なさそうに眺めながら、小瓶の栓を抜いた。

まずわたしのグラスに注いで、次に自分のマグカップに、冗談みたいに少しだけ入れた。

瓶の底に数センチ残している。どうしてぜんぶ自分のカップに入れてしまわないのだろうと訝《いぶか》しみながら、のんだ。ひと口目に不思議な心地よさと違和感があった。軽いのにすんなりと喉をおりていかない。数秒経ってのんだふた口めは、目を見開いてしまうほどおいしかった。ごくごくのみほした。

そういえばわたしはなんでも、最初に違和感を抱くものに惹《ひ》かれるのだった。本も映画も洋服も。高山も。彼と「この先一生会えなくても仕方ない」なんて到底思えなかった。だからあの日、声をかけた。

高山を見つけたのは、図書館のそばのコンビニだ。彼は青と白の縦ストライプの制服を着て、カウンターの内側にいた。自動ドアのチャイムが来客を伝えると彼は大きな一重をわたしに向けて、らしゃいませ、とけだるく言った。失神しそうな欲望をその目にかきたてられた。えみのためにかりた紙芝居を片手に、かつてないほどの時間をかけて店内をうろついた。棚の商品をひとつひとつ手に取って見た。棚の隙間《すきま》から彼をこっそり観察した。完全に不審者だ。自分で自分が滑稽《こっけい》になり、店を出ようと決めた。決めてすぐ不安になった。もしも今日が彼の最後の勤務日だったら？　あまり遅くなるとえみを見てくれている義母に怪しまれる。でも二度と会えなくてもいいの？　気ばかり急《せ》くわたしの目の前を、彼がゆっくりとガラス越しに横切った。コンビニ前の喫煙スペース。薄紅葉の下で、彼は煙草をくわえた。休憩に入ったらしい。追いかけるように店を出て、破れかぶれの気持で声をかけた。制服を脱いだ彼はゆったりとして、さっきまでより身体の幅が大きく見える。メールアドレスを書いたメモを渡すと、特に驚いた様子もなく受け取った。こういうことに慣れているのだろうな、と思った。予想は当たった。その夜のうちに泉さんにメールを送ったのは、単に好奇心が抑えられなかったから。あとになって高山はそう明かした。かつてないほど年上の、しかも人妻とはいったいどんなもんかという興味。主にえろい方面の。高山はなんでもわたしに話した。言わなくていいようなことも、あけすけに話した。

こうなってみると、高山とわたしの間には違和感しかないような気もする。

「高級な味がするな」猫がミルクを舐めるようにビールをのんで、高山はマグカップの中をのぞきこんだ。「一見麦茶みたいな色だけどね、泡がなくなったら」

「さつまいもから作ってるんだって」

「へー、ぜんっぜんわかんなかった。単純ではない味だけど、ストレートにうまいね」

言いながら彼は小瓶に残っていたビールを、すべてわたしのグラスに注いだ。グラスの底から炎が立ち昇るように、液体が混ざり合って上がっていく。

炎は上がりきって水面で泡になり消えた。胸にヒリつくような焦燥感があった。

電気のスイッチを叩《たた》き切って高山の膝《ひざ》にまたがった。こぼれるよ泉さん、笑いながら高山はマグカップを持った手を高く掲げて、わたしに液体がかからないようにする。前に別のビールを持ってきたときのことがよみがえった。話題になっていた北欧の銘柄だったけれど、わたしはその味が好きじゃなかった。フルーティすぎると眉を寄せたら、高山は瓶の底に残していたビールをぜんぶ自分のマグカップに注いだ。あのときは、そうしたのだ。

いい匂いがする。わたしを発情させるいい匂いがする。肺の奥深くまで息を吸い込む。高山からマグカップをうばい、一気にふくみ口うつしでのませた。金色の液体がお互いの唇の端からつたい落ちる。くすくす笑いながら、あごを、喉を、手の甲でぬぐいあう。高山がわたしの手をとって、自分の鼻先に持っていった。くんくん嗅《か》いでふっと笑い見つめてくる。「泉さんの手え、玉ねぎの匂いがするよ」中指がねっとりとした生温かいものにつつまれた。「家で何作ってきたの」分厚い舌が動いて、爪をねぶられる。尖《とが》らせた舌が、指と指のあいだにある溝に、ゆっくりすべりおりていく。「ハンバーグ？」尖った目で射るように問いながら、高山がわたしの指をしゃぶっている。自宅のキッチンで料理していたわたしごと舐めとるように。いつの間にか指は唇になりそのまま口づけがはじまる。彼の上唇を伸ばした舌でなぞった。唇を合わせたまま、わたしたちは笑う。高山といるときのわたしは、顔だけじゃなくて、心でも笑っている。心臓でも胃でも肝臓でも笑っている。

向かい合って座ったままいきなり下着のすきまから突き上げられた。悲鳴を噛み殺す。あまりの圧迫感に子宮から喉まで高山のもので埋まっているような気がする。わたしたちは何度も交わる。両足の付け根がこすれて赤くなるまで。

最高と最低を繰り返す逢瀬《おうせ》だった。

会う直前は世界中すべての人にやさしくできそうな気分なのに、帰り道は自己嫌悪《けんお》に押しつぶされて吐き気がする。浅ましく見苦しい自分。百五十年後ですら死んでほしくない娘がいるのに、どうしてその愛情と矛盾する行動をとっているのか。

いつか罰が当たる。わたしは醜くて汚い。高山もきっとそう思っている。本心では軽蔑《けいべつ》しているはずだ。わたしは嘘ばかりついている。だって嘘をつかなければ高山に会うことができない。いっそ手放してみたらどうか。でもこれなしで生きていける気がしない。これなしでどうやって生きていたのか、もう思い出せない。

出会う前は、いったい毎日なにを考えて生活していたんだろう？

「お願いがあるんだけど」

部屋にあがるなりそう言うと、寝ころんで文庫本をひらいていた高山はのっそりと上体を起こした。首回りのゆったりしたTシャツを着ている。かさ張る上半身。肩幅と色気の圧倒的な果てしなさに、めまいがする。

窓から射し込む正午の光をバックに、高山はわたしをじっと見た。

「これで穴をあけてほしいの」

まち針を見せたら、彼は心持ちあごを上げた。その表情が艶《つや》っぽくて、また目がくらむ。

高山は文庫本にしおりを挟むと、キッチンへ立った。汗をかいてもさらっとしているうしろ首を目で追いながら、わたしは鎖骨の汗を拭《ふ》き、シュシュで髪をまとめて右側へ流した。

煙草を一本ゆっくり喫《す》ってから、高山は換気扇のスイッチを切った。わたしの両目をじっと見すえながら、こちらへ向かって歩いてくる。

「どの辺よ？」

左の耳たぶをぎゅっとつかまれた。

「だいたい、このあたり」

「そんな適当でいいの？」

高山は笑いながら、ライターの火で針の先をあぶった。

「ピアッサーの方がいいんじゃない？　化膿《かのう》しないし」

「そんな一瞬で終わる痛みなんて」

「泉さんは、痛くするの、結構好きですもんね」

会う回数がどんどん増えていた。はじめは週に一度のプレ幼稚園の日だけだった。今では何とか時間を作ってここへ来ている。この部屋にいるときは、うまく息ができる気がした。でも会えば会うだけ、その分早く終わりが近づいてくるような気もする。

指が耳の上方にすべったと思ったら、軟骨を強くつかまれた。

「いくよ」

「お願いします」

言い終えるより先に、針の先端が耳たぶを突いた。わたしの身体にある穴という穴がきゅっとすぼまる。深く息を吐く。高山の指の圧力が強まった、次の瞬間彼が刺してきて、もっと鋭い痛みが耳たぶを貫いた。

針の先が皮膚に侵入してくるぷつっという感触に、彼が一瞬躊躇《ちゅうちょ》したのがわかった。身体が触れているとそれがどんなに狭い範囲でも、互いの考えていることが伝わりやすくなる、そんな気がする。うなじに高山の息が細くあたっている。後れ毛がゆれてくすぐったい。痛みや快楽や彼の雄っぽい汗の匂い、いろんな感覚が全身にあふれかえり混乱してしまう。高山も戸惑っているのがわかる。軟骨をつぶしてしまうほどの力で、いっそう強くつままれた。意識を集中するようにゆっくり呼吸して、彼が針を奥に沈めていく。ふたりの吐く息がどんどん増えていって、混ざり合う空気は身体《からだ》の奥底から出てくるものだから、誰にも見せない内臓をこすり合わせているような感覚になってくる。

ある程度いったところで、なぜか針が前にも後ろにも進まなくなった。抜くこともできないし、向こう側にも行けない。

高山はもう動揺しなかった。わたしの耳を前後からよく見て、ひねったり裏返したりして角度を考察し、黙って針を動かした。そして貫通に成功した。

ファーストピアスを差し込むのも、高山がやってくれた。

「緊張したわっ」汗でぐっしょり濡れたTシャツを脱ぎ捨て、高山はユニットバスへ入った。

いつか終わることはわかっている。けれどその日はいつやってくるんだろう。

高山がシャワーを浴びている音を聴きながらぼんやり考えていると、床に落ちている長い髪が目に入った。ティッシュを数枚抜いて集める。

「なにしてんのー」

高山が出てきた。水滴の浮いた、無意味に広い胸郭に目が吸い寄せられる。

「わたしの髪。落ちてたら女の子たちがかなしむでしょ」

「関係ないし」

「あと、あの成城石井の袋も」四つん這《ば》いで髪を集めながら、出窓に置いてある茶色い紙袋を指差す。「どう考えたって高山くんが行くお店とは思えないから、すてたほうがいいよ」

「そんなことまでなんで泉さんが気にすんだ」

鼻で笑われてはっとした。それもそうだ。わたしにはなんにも関係ない。

急に高山がしゃがんで顔を近づけてきた。予測不能な動きで耳たぶをひっぱられてどきっとする。

「血い、出てない？」

眼前にある彼の顔はなめらかでうつくしく、鼻からもれる息すら甘く、わたしをたやすく発情させる。

「うん、だいじょうぶだね」チェックを終えると高山は、パッと立ち上がって冷蔵庫の上に置いてあった肌水をとった。顔にばしゃばしゃかけている。

笑ってしまう。この先肌水を顔に使うことのない自分の肌を思って。

「何が可笑《おか》しいんだよー」

大股で歩いてくる高山にわざと背を向ける。首すじに息がふっと当たったかと思うと、歯を立てられた。ぞくぞくする。服を少しずつずらしながら高山は、わたしのうなじや肩を嚙んだ。歯と舌と唇が背中を降りていき、同時にTバックの脇から指が進入してくる。

「うわ、ふやけそう。いつからこんななの」

高山は手前の天井を突っつくように刺激した。

「すごい熱いよ、ほら」

吐息が漏れる。自分の指を軸にして彼はわたしの身体を回し前を向かせた。両手首を強くつかんで頭の上に置かれる。首から下がすうすうして心もとない。彼は悪魔みたいにニヤッと笑った。「吸っていい？」答えないでいると、尖った乳首にざらりとした舌がふれた。

高山は長い指を奥まで押し入れて、歯痒《はがゆ》いほどゆっくり出し入れする。抜け出せない、抜け出したくない。もう耐えられないと声を上げてしまいそうになった瞬間、指が膣を離れ去り、代わりに息がつまるほど大きなものがわたしの中をいっぱいに埋め尽くした。

外したコンドームをティッシュにくるんですて、高山は仰向けに寝転んだ。

「高山くん、今何時かな」

「もう帰んの？　次はいつ？」携帯電話をつかんだ高山の指が誤って着信履歴のボタンにふれ、さっきここへ来る途中にかけたわたしの名前が表示された。

高山はわたしを、フルネームで登録していた。彼に苗字《みょうじ》で呼ばれたことは最初の二、三度しかないが、そのときの居心地の悪さは今も忘れていない。

さっきの話だけどさ、と高山が言う。

「最近は女の子たちあんま来ないよ。ま、めんどくさかったからちょうどいいけど」

「どうして来なくなっちゃったの」

「なんか色々こじれたみたい。俺に間違って送られてきたメールに、そういうようなことが書いてあった」

「間違って送られてきたメールって？」

「すっごく恥ずかしい、メモみたいな文章。俺のことが好きでくるしくてどうとか」

「うれしかったでしょう」

うん可愛い子だからね。彼が肯定しわたしは嫉妬したふりをする、いつもの流れを想定していた。けれど高山はうなずかなかった。

「うれしいよりは、かなしかったね」

「どうして」

しばらく考えてから、高山はぼそっと言った。

「想像したんだよ。そういうメールの溜《た》まる場所が、もしあったらどんなかなって」

会話をしている。そう思って泣きそうになる。ばかにしないで知識を被《かぶ》せてこないでヤフートピックスの話題なんか持ち出さないでちゃんと最後まで聞いてくれる男。だからわたしは思いついたことをためらわず舌にのせられる。

「この世のどこかに、送る直前にやめたメールの溜まる場所があったらってこと？」

「そう」

答えて高山は目をつぶった。となりでわたしも瞼《まぶた》を閉じた。浮かんできたのは、ごみ処分場のような広大な土地だ。どこまでも目に見えるものすべてすてられた言葉の山。わたしはその場所を一人で歩いている。届くことのなかったメールたちを踏んでしまうのを心苦しく思いながら、できるだけ体重をかけないように、そっと進んでいく。そこにある言葉たちはとてつもない力を持っている。ふだん他人に見せている澄ました顔とはまったく違う。見栄《みえ》をすててすがって、欲しい欲しいと足元にしがみついてくる。忍び足で、でも足速にわたしは歩いていく。その言葉に捕まったら落ちてしまうから。とつぜん現れた穴に、高山を見つけたあの日のように。

高山がコンポに手を伸ばし、MDをかけた。

以前わたしがいいと言った、ジャズっぽい日本のロックだった。

「好き？」彼が訊く。

「うん、好き」

「そっか、好きか」高山は満足げに繰り返した。うんうんとうなずきながら。

胸の奥に刺し込むような痛みを感じた。

「この曲のことでしょ？」

「ちがうよ、俺のこと」驚いたような顔で、口を尖らせた。「俺は」高山が、わたしの目をまっすぐ見た。

なにか決定的なことを言われそうな予感がする。それは欲しくてたまらなかったものだ。

なのに、わたしは耳をふさぎそうになる。

「俺は、泉さんが好きだ。泉さん、いま何してんのかなあって考えてへこむくらい好き。日常と俺といるとき、どっちが幸せ？　あっちょっと待って、やっぱ聞かない。まあいいや、とにかく泉さんに出会えてよかったよ」

よかったのかな。喉の奥でつぶやく。いや、よかったはずがない。

気を取り直したように、ねー泉さん、と高山が呼ぶ。

「たまにはドライブでも行くー？　早起きしてレンタカー借りて。安いの発見したんだよ。半日で二千九百円、すごくね？」

わたしはまた笑ってしまう。なにもかも可笑しい。だってありえない。高山とドライブしているわたしなんて、まったく想像できない。

「こうやってねえ、それから、こうやるんだよ」

えみがおどけている。愛らしい笑い声が家の中を行ったり来たりする。

出勤の準備をする夫にまとわりついて、えみはわたしの物真似《ものまね》をしていた。髪の束を片側へ流し、透明なヘアブラシでとかす。短い腕がゆっくりゆっくり上下する。ビューラーでまつげを挟み、半目で持ち上げるふりをする。うまいなと苦笑しながら夫はダイニングや洗面所や寝室を歩いた。キッチンを片づけつつそんな二人を見るともなしに見ていると、ふいに足音がやんだ。笑い声もしない。何気なく振り向いて、背筋が凍りついた。静止した夫がわたしをじっと見ている。えみは首をかしげるようにして、左の耳たぶにふれていた。ちいさな右手と左手を器用につかって、見えないピアスを入れていた。

仕上げに口紅を塗るえみの目はうつろだった。

玄関で夫を見送り、プレ幼稚園に向かうえみをマンションのエントランスでバスに乗せ、笑って手を振り部屋へ戻った。

この世には明るい幸せと暗い幸せがある。

そんなことを思いながら、洗濯物を干す。ベランダから下を覗《のぞ》くと、歩道につぶれた鳩《はと》が目に入った。かわいそうに。車に激突してしまったのだろうか。じっと見つめていると身体がぐらついて地面に吸い込まれそうになった。叫び声をのみこんでその場にしゃがむ。耳のうしろがどくどく脈打っている。深呼吸しながら左耳のピアスにふれたら、少しだけ平静を取り戻すことができた。残りの衣類を手早く干し、掃除機をかけてから浴槽にたっぷりお湯を張り、お気に入りのバスソルトを入れてあごまで浸《つ》かった。

ドライヤーで髪を乾かしていると、リビングから音がした。

恐る恐る行ってみると、そこにいたのは、いるはずのない夫だった。

「どうしたの」

驚いて尋ねると、夫はシャツのネクタイをゆるめながらわたしを見下ろした。

「泉こそ。なんでこんな時間にシャワー？」

「掃除したら汗かいちゃって」

そう、と夫はわたしの横をすり抜け寝室に入った。簞笥《たんす》を開け閉めする音が聴こえてくる。何か忘れ物でもしたのだろうか。それとも急な出張？　壁時計を見る。行くと言ってあった時間に、間に合わないかもしれない。ダイニングテーブルに置いたままの携帯電話に目をやった。高山がいきなり電話をかけてくることはない。話さなければならない用があれば先にメールを送ってくるはず。ロック中の画面にはメール本文が出てこない設定にしてあるし、高山の名前は登録していないから番号が表示され

るだけだ。けれど万が一見せてと夫から言われたら。電源を切ろう、そう思って携帯電話に手を伸ばしかけたとき、

「どっか出かけるの」

いつの間にかすぐ後ろに夫が立っていた。心臓がばくんと大きく跳ねた。夫の表情は、さっきまでと変わりない。手に何か持っているわけでもない。

「どこも行かない」

「そう、出るなら途中まで送ろうと思ったんだけど」

「それなら、ベーカリーでおろしてくれない？」

「ベーカリー？」

「お義母《かあ》さんの好きな、ほらS駅近くの」

「ああ、今日母さんの誕生日か」

「わすれてたの？　ゆうべも言ったのに」

「俺は少し遅くなるかもしれない。ちょっと用があるんだ。先に食っといて」

ほとんど化粧もできないまま、サングラスと財布、携帯と鍵《かぎ》だけかばんに突っ込んで玄関を出る。日の当たらない駐車場を夫はすたすた歩いた。小走りで追いかけ助手席に乗り込んだ。どこを走っているのか、現実感のないまま景色があっという間に流

れていく。

じゃ夜にと横顔で言って、夫は車を出した。

注文しておいたホールケーキを受け取って、わたしは途方にくれる。義母の顔が描いてある、このずっしりとしたケーキ。目の前を大勢の人間が流れていく。すててしまいたい。一瞬でもそんなことを考えた自分がおそろしくなって、慌てて打ち消す。とにかく行かなくては。あの部屋に。早く。でもケーキが。あの空間に、わたしが日常で食べるケーキを持っていけるはずがない。

こんなことは今までにしたことがなかった。行けないと言っていた日に行けたことはあっても、行くと言った日に連絡もなく遅れたことはない。電話をしなくては。でもなんて説明しよう。いったんうちに帰ってケーキを置いてくるとしたら、高山のアパートに着くのがかなり遅くなってしまう。彼は大学に行かなくてはならないし、そのあとにはバイトもある。高山は、わたしのように最高と最低だけでできた日々を送っているわけじゃない。

S駅に向かって歩く。太陽が照りつけて、汗が背中から腰に落ちていった。目の前に線が伸びている。歩道と車道を分ける、白い線。振り返ればうしろにもあるはずの、長く続いてきたその線が熱さでゆらめいている。ずっと地面を見ながら歩いていると、自分が球体の上に住んでいることがよくわかる。このことに気づいたのは小二の夏休みで、その大発見を、話したい母は家にいなかった。家にいない母親にはなりたくない。ずっとそう思って生きてきた。見えないピアスを入れるえみの顔が浮かんだ。

改札を通り、やってきた下り電車に身体をすべりこませる。さっきの白い線が人生だとすると、通じ合えない人たちの存在は線上に淡い水滴を垂らすようなものかもしれない。ぽつんぽつんと残っていく、やさしいしみ。通じ合えないことは怖い。でも、通じ合うのはもっと怖い。

K駅で降り、構内のコンビニで保冷剤を買って箱に載せた。携帯電話をひらく。時間がない。メールも届いていない。高山は今どんな気持であの部屋にいるのだろう。白い鍵がさしてあるのは大荷物用のロッカーだけだった。しゃがんで扉を開ける。箱を奥深くに押し込んで扉を閉めた瞬間、その決意はとつぜん降ってきた。

電話を取りだしてメールを作った。最初の文章は送らずにすてて、二度目もすてて、三度目を送信した。すぐに返事がくる。

――えー、ばれちゃったの？　じゃあ、しばらくメールとかしづらいじゃん

軽い。なんてばかなんだろう。笑いながら発信ボタンを押した。

「なんでばれたのー？」切迫感のない声で高山は言った。

「寝言で高山くんの名前を呼んじゃったみたい」

「ベタすぎる！」電話の向こうで高山は吼《ほ》えた。「泉さんて、ぬけてるとこあるからなあ。はあーもう。当分会ったりできないじゃん」

「当分じゃなくて、もう会えないよ」

迷いを振りすてきっぱり言ったら、沈黙がおりた。

空咳をして、高山は言った。

「まあとりあえずさ、会って話さない？　いまどこ？」

会う？　会ってどうするというのか。今顔を見てしまえばあの部屋をうしなえない思いがいっそう強くなる。

「俺の家じゃなくてもいいからさ。店とか外でも」

高山のその言葉は、わたしの胸を深く貫いた。

見当違いな愛情。彼は最後までちぐはぐで、けれどそのちぐはぐさがかけがえのないものに思える。何も答えないわたしに、高山はふてくされたような声で言った。

「わかった、もういいよ。なんか不完全燃焼だけど」

やっぱりこの子はおもしろいことを言う。わたしたちの関係が完全燃焼って、どういうのだろう。

「終わるときは俺から言うもんだと思ってたなー。俺が泉さんに飽きたとかほかにいい子ができたとか、そういうのでさ。まさか言われるとはねえ」

「あなたならすぐに新しい彼女ができるよ」

「まあそうだろうけど」

「合鍵は郵便受けに入れておくね」

「泉さんにかしてもらった本はどうしたらいい？」

「あげる」

わかった、と言ったのは煙草をくわえるときのくぐもった声だった。

換気扇のスイッチが入る。ファンの回る音。ライターに火が灯《とも》る。自分がいてもいい場所があると思えたあの部屋。彼が煙草を喫う、狭いキッチン。換気扇を切って、みしみしと高山が歩いてくる。覆《おお》いかぶさってくる白い身体。さわってもいい身体。

そっかほんとにおしまいなのか。高山はつぶやくように言った。

「この先いつかさ、泉さんが死んじゃっても、俺は葬式でお別れ言うこともできないんだよね」

可笑しかった。わたしが想像したのは結婚式で、高山は葬式について考えている。

「わたしが死んだら、お葬式はT川の向こうのお寺でやると思うよ」

川の向こうには夫の実家、先祖代々の墓がある。わたしはそこに入る。夫や義父母といっしょに。夫の弟や、その妻になる女性とも。

「そうなんだ。なら俺にもわかるか。ああ泉さん死んだんだって」

そうかもねと応《こた》えながらふらふら歩いて、バスロータリーの隅にあるベンチに腰を下ろす。ひざに片手を置くと、髪が流れ落ちてきてわたしの顔を隠してくれた。うつむいて高山の声を聴く。宝物だと思って大切に聴く。「でもさ、泉さんだって俺の葬式には出られないんだよ。実家の方であげるだろうし。泉さんが発見するのでない限り、俺が死んだことすら知りようもないんだよ」

わたしはこれからも夫の家族の唾液が混ざり合ったおじやを食べ、死んでいく。そして彼らと同じお墓に入る。そのあまりの現実味のなさに頭がくらくらする。けれど今こうして話している、通じ合えているという実感のある男よりそれが現実なのだから仕方ない。

「ねー泉さん」

高山が軽い調子でわたしを呼んだ。

「次はいつ？」

笑いたいのに笑えない。なにもあげられないのに、笑顔もあげられない。

「日曜は？ 三時からバイトだけど。朝来てそのままずっとゆっくりしていったらいいよ」

そうできたらどんなにすてきだろう。高山と過ごす日曜日は、きっとわたしの五感すべてが狂喜する。

「泉さん」

一言も発しないわたしを、高山が呼んだ。

「試しに、二週間だけ会わないでみようよ」

そう言った高山の声は、軽薄ぶりながらも震えていた。

もうだめだ。高山くん、もうだめだよ。わたしはだめになった。彼に伝えたい言葉を身体の底から絞り出そうとする。彼にならら言える。けれど空気の塊は喉の手前でぴたりと止まる。そこを通り抜けて音になった瞬間、嗚咽《おえつ》が先にあふれ出てしまう。

「その期間はメールも電話もしないの。いきなり終わりとかさ、俺」

獣のようなうめき声がもれてしまう前に切ボタンを押して、立ち上がると世界が変わっていた。バスの車体やコンクリートの地面はぼやけて、初夏の日差しが緑の葉っぱのあいだできらめいている。それらはぜんぜんきれいじゃない。むりだよ俺絶対むり。切る寸前そう聴こえた気がした。空がわたしに手招きしている。すべてがゆらいで風にとけてしまいそうでまぶしすぎて目が痛い。

サングラスをかけたらこらえていた涙がこぼれ落ちた。あごから首をつたって鎖骨にたまる。掌でぬぐいながらロッカーへ戻り、さっき入れたばかりのホールケーキを取りだした。とけた保冷剤の分重くなった気がする箱を抱え、立ち上がろうとする。でも腰が動かない。涙はまだ流れ続けていた。いっしょに入っていた紙ナプキンで何度拭いても目のふちに盛り上がりぽたぽた落ちる。膝に顔を埋め、声を殺した。

左耳のピアスに手が伸びた。押しつぶすように握る。針が親指の腹に食い込んで痛い。高山が作ってくれた穴。それがわたしの身体に残っていることが唯一《ゆいいつ》の救いだ。

瞼を閉じると、自動車のフロントガラスが映った。運転席に高山、助手席にわたしがいる。わたしは自分でも見たことのないくつろいだ表情で笑っていた。それは雨上がりの夜明けで、地面が濡《ぬ》れているのに高山はすごくスピードを出す。白い線がびゅんびゅん流れていって、今日ここで死ぬかもしれないと思う。でもなぜか怖くない。

瞼をひらくと景色は消えてしまった。車も高山も、笑っていたわたしもいなくなる。もと通りのいつものサングラスの内側。ロッカーの扉はわたしの膝で押さえられ、開いたままだ。暗闇《くらやみ》はどこまでも続いているかのように深く、吸い込まれそうになる。

背後を通り過ぎる人々のスピードがとてつもなく遅い。彼らはかたまりになってスローモーションで流れていく。いろんな高さの声が地面を這って、しゃがんだわたしにまとわりつく。

肉体と精神が離れていくような気がした。死ぬときはこんな感じなのだろうか。ゴウゴウと何かの流れる音がした。名前を呼んでみる。声が穴に反響する。この穴の深さをわたしは知っている。さっきまでその中にいたのだから。わたしには避ける気がなかったのだ。落ちたっていいと思った。彼となら落ちたかった。

そしてわたしはようやく気づく。穴は、高山と出会ってある日とつぜん現れたものではなかった。彼に出会うまでの人生で、自分が掘ってきた穴だった。

よろめきながらロッカーに手をついて立ち上がった。改札をくぐる。

足が重い。持っている箱が重い。今夜わたしはハッピーバースデーを歌う。それが日常だから。電車を降りて、歩く。現実が近づいてくる。

道に、朝よりつぶれている鳩が見えた。

千波万波
せんば　ばんば

「この海を見て育ったら、もっと違う私になれたかな」

そう言いながら両手いっぱいに拾った貝殻を差し出すと、ママは干からびたヒトデをつまみあげた。

ほかにいくらでもきれいな貝はあるのに、ママはそれを選んだ。ちょっと変わった人なのだ。

白い砂浜には私たちのほかに誰もいない。

ママはずっと波を眺めていた。私はその瞳《ひとみ》の陰りにじっと見入る。

「私もこんなところに住んでみたかった」

どうして、とママは興味深そうに私の目を覗《のぞ》き込んできた。潮風が吹いて、二人の髪をゆらす。

「だって、空気はおいしいし景色はきれいだし」私は風の吹いていった方を指さした。

海岸沿いにおしゃれなカフェやレストランがある。「波の音をBGMに沈んでいく夕陽を見ながらママとお茶するなんて、すごく楽しそうじゃない？」

「ああいうお店は、わたしがこの集落に住んでいたころにはなかったよ」

「そうなの？」

「信号もコンビニもなかった」

「うっそー」

信号がなくてどうやって車が行き交うのだろう。登下校する子どもたちはどうやって道路を渡るのだろう。フシギだ。それに、集落って昔話みたいな言い方。

首をひねる私の隣で、ママは乾いたヒトデを目の前に持ってきてじっくり見ている。星形を真上や真下から観察するように見て、裏返してまた表に戻す。このヒトデがどこから来たのか、何を食すのか、中はどんな構造になっているのか、そういうことを考えているのだろう。

ママはほかのママとちょっと違う。あまりしゃべらないし、ほかのママみたいにパンを焼いてくれたり、スマホゲームのやりかたを教えてくれたり、大きな声で笑ったりしない。いつも静かに何か考えている。家でもそうだ。

朝、目が覚めてキッチンへ行くと、ママはコーヒーを飲みながら本をひらいている。

私に気づくと顔を上げて、ひっそりした声で河子《かこ》おはようと言う。そしてしおりを挟んで本を閉じ、そっと私を抱き寄せる。

おはよう、いってらっしゃい、おかえり、おやすみ。ママは少なくとも一日四回、私を抱きしめる。

交換日記の『あたしの秘密』欄にそのことを書いたら、多麻《たま》ちゃんは目の前で読むなり、「うそ小六でそんなことすんの？　河子、赤ちゃんじゃん」と笑った。赤色フレームのメガネが夕陽を浴びて、その奥にある薄茶色の瞳まできらきら輝いていた。

私たちはよく放課後の運動場や公園で漫画を描いた。多麻ちゃんがノートに一ページ描いたら私に回す。私が一ページ描いたらまた多麻ちゃんへ。そうやって少しずつ物語を進めていった。

多麻ちゃんは女の子の横顔を描くのがすごく上手だった。おでこから鼻にかけてのライン、そこから唇へ流れる線。あんなになめらかに憂《うれ》いを帯びた顔が描ける子を、私は他に知らない。背景を描くのは私の方がうまかったと思う。多麻ちゃんもそう言ってくれていた。会えない日に面白いものやきれいな何かを見たときには、スケッチしてお互い見せ合いっこした。多麻ちゃんはやっぱり人の横顔を描いたし、私は景色を描いた。中学に上がったらいっしょに美術クラブに入って、デッサン力を身につけようと話し合った。あのころの多麻ちゃんの笑顔や笑い声を思い出すと、今でも胸がきりきり痛む。

多麻ちゃんは紛れもない親友だった。半年前、小学校を卒業するまでは。

どうしてこんなことになってしまったんだろう。

教室移動するときの廊下や、下校途中に通る公園や朝ベッドの中で、何度も考えた。誰もが私たちを親友同士だと認めていた。登下校も、休み時間も、日曜日でも、四六時中いっしょにいた多麻ちゃん。漫画を描いて交換日記をして授業中も手紙を送り合っていた私たちが、いったいどこで食い違ったのか。

最初の違和感は、コンタクトレンズだった。中学校の入学式に多麻ちゃんは赤色フレームのメガネをかけてこなかった。親友と同じクラスになれた喜びそのままのテンションでメガネのことを指摘すると、多麻ちゃんはものすごく嫌な顔をした。それは、見たこともない筋肉の使い方だった。

「いちいちぜんぶ言わなきゃだめなわけ？」

気圧《けお》されたように私は首を横に振った。何が起こったのかよくわからない。多麻ちゃんは私に背を向けて、別の小学校から来た子に話しかけた。持ち物も身体《からだ》つきも大人びた雰囲気の女の子だった。彼女が何か言い、多麻ちゃんが甲高い笑い声をあげた。

教室の真ん中で私は、世界が遠のいていくような気持になった。

多麻ちゃんはテニス部に入った。どうしてと尋ねた私に、

「うちのお母さんが、娘とテニスやるのが夢だって言うから」

多麻ちゃんはそう答えた。頬のゆがんだ、めんどくさそうな笑顔で。コンタクトレンズをはめていることがわかるほど近くに寄れたのは、あの日が最後だ。

多麻ちゃんのいない美術クラブにはなんの魅力もなかった。新しい友だちを作る気など、これっぽちも湧《わ》かない。

多麻ちゃんはどうして急に私から離れていったんだろう。私が何かひどいことをしたのだろうか。

もしかすると、自分では気づかないうちに無神経なことを言って多麻ちゃんを傷つけてしまったのかもしれない。だけど、それならそうと言ってくれればいいのに。今までの多麻ちゃんなら確実にそうしてくれた。なんで何も説明してくれないんだろう。なんで黙って距離を置いたりするんだろう。

勇気を出して訊《き》いてみようか。謝ったらゆるしてくれるかな。

でも話しかけるタイミングが見つけられない。

私は多麻ちゃんが声をかけてくれる日を待った。多麻ちゃんが元の多麻ちゃんに戻

って、「ごめんね河子、漫画の続きを描こう」そう笑いかけてくれる日をただひたすら待ち続けた。同じクラスになれたことを喜んでいたのは自分だけだったのだと、薄々勘づき始めても。

多麻ちゃんはどんどんあか抜けていった。髪や眉《まゆ》をさりげなく整え、校則違反ぎりぎりの色つきリップをぬった。教室のうしろでバスケ部やバレー部の男子と大声で笑うようになった。

気がついたら多麻ちゃんは、女子のヒエラルキーのトップにのぼりつめていた。そんな多麻ちゃんが「あの子と友だちと思われたくない」と言い放った、その威力は相当なものだった。

強い多麻ちゃんの意見は通る。人を動かす。クラスの誰も私としゃべってくれなくなった。休み時間は机で寝たふりをして過ごした。大げさな笑い声が教室に響き渡る。私はこんなに嫌な思いをしているのに、多麻ちゃんはクラスの人気者。そのことがとても理不尽に思えた。

六月の終わりに、校外学習で浄水場へ行くことになった。それに先立つ班決めで、代表者数名がじゃんけんをした。どのグループからもあぶれた私を入れるために。負けた子の班に私は迎えられた。多麻ちゃんの班だった。

その日のお弁当はトイレの個室にこもって食べた。食欲なんか皆無だったけど、ママがせっかく作ってくれたお弁当だからなんとか飲み下した。涙の味がした。

ママの腕の中で泣いたのは、二学期のはじまる朝だ。

「学校にいきたくない」

夏休みのあいだずっと考えていたことを、やっと口に出せた。

ママは黙って私の訴えを聞き、背中を撫《な》でてくれた。私の涙が止まるまで。

「て、転校したいならな、したっていいんだぞ！」

一方、パパは騒々しかった。あとから起きてきて事情を察知するなり、唇を嚙《か》み拳《こぶし》を握りしめリビングをうろうろ歩きまわった。

「河子がそんなにつらいなら、三人でどこか遠くに引っ越そう。な？」

パパはいったいなにを言っているのだろう？　話が一気に飛びすぎだ。

「河子のためなら仕事を変えたっていいんだ。僕は由井《ゆい》さんと河子より大切なものなんてないんだから。ほら、とりあえずネットで住宅情報とか見てみようか？　気分転換になるかも」

パパは出張用の鞄《かばん》からノートパソコンを取り出した。目の前でパスワードをすばやく打ち込んでいく。グーグルマップや不動産屋さんのサイト、ＪＲの路線図など、いくつものウインドウが次々ひらいた。

「どこに住みたい？　あっ、でも河子はなにも心配しなくていいからな。河子が成人するまでのお金くらい、パパちゃんと稼ぐから。どこにいったってなんとしてでも稼ぐから」

ママが無言で差し出したボックスティッシュを受け取って、パパは鼻をかんだ。

その派手な音の陰で私はママに話の続きをした。休み時間、うしろの席の子からどんなことを言われたか。鼻をかみながら聴き耳を立てていたパパは、

「河子にそんなこと言うなんて。ああ、もう！」

とまたひとしきり声を上げて泣いた。それから、

「そうだ！　それなら河子も言ってやればいいんだ。うしろの席のやつ、くさーいって」

「それが言えないから困ってんじゃん！　パパのばかっ」

これは八つ当たりだと頭のどこかで理解しつつ、クッションを投げつけた。ソファの上のクッションみっつすべて投げ切った。パパは困ったような顔でそこに立っていた。その下がった眉にまたイライラして勢いづき、これまで言えなかったすべてを泣きながら一気にぶちまけた。言ったらママとパパが傷つくと思ってずっと隠していた

校外学習のことも、ぜんぶ。

途中でパパは、僕はもうこれ以上聞いていられないと宣言して寝室に引っ込んだ。べつに最初からいてほしいなんて頼んでないのに。寝室からは雄叫《おたけ》びのような号泣が聴こえてきたが、リビングにはやっと私の望む静寂が訪れた。

ママの掌《てのひら》が背中で温かかった。

しばらくしてパパがリビングに戻ってきて、おもむろにどこかへ電話をかけはじめた。鼻はまだ赤いが、とりあえず泣き止《や》んではいる。どうやら学校にかけているらしい。五分ほどで通話は終了した。

「とにかく来させてくださいだって」パパはがっくり肩を落とした。一度休むと癖がついてしまってどんどん来づらくなります。遅刻しても保健室登校でもなんでもいいからとにかく毎日来させて。義務教育ですよ、担任はそう言ったらしい。「それも一理あるよね。どうしたらいいんだろう」

パパは迷っていた。わかりやすいほどに。

ママはきっぱり言った。

「行きたくないなら行かなくていい。河子が決めることだから」

そして私の目を見た。

「河子はどうしたい？」

その夜、私たちは金沢にいた。パパの出張についていくことになったのだ。パパの勢いに押されて、というのは言い訳で内心ほっとしていた。今日は金曜だから一日休めばとりあえず三日間はあのくるしみを味わわずに済む。

学校にはママが連絡を入れた。先生がどう言ったのかはわからない。ママは静かに淡々と相づちを打って、電話を切った。かける前も話している最中も通話を終えたあとも、ママの表情は変わらなかった。

「パパぜんぜん気づかなくて。ごめんな」

夜、仕事を終えて合流したパパが言った。同じホテルの別室をとった私たちのところへきて、頭を下げた。狭くて圧迫感のある室内で。

謝ってほしくなんかなかった。なんだかものすごくみじめな気分だった。

次の朝パパは仕事へ行き、ママと私はホテルをチェックアウトした。

九月最初の土曜日。金沢はどこもかしこも旅行客でにぎわっていた。外国人も多い。私たち以外の人はみんな楽しそうだ。人混みをすりぬけ電車に乗った。ママは座席にすわり、私はドア付近に立った。ポールにもたれ、はあーと深い息をはく。これからあの場所へ戻るのだと思うと気が重かった。

月曜日が永遠に来なければいいのに。

この先いいことなど何ひとつない気がする。

車窓を流れていく景色を暗い気持で眺めた。電車は木立の中を進んでいる。車内にはほとんど光が射《さ》し込まない。

公園で漫画を描いていたときにはすでに、多麻ちゃんは中学に入ったら私を切りてると決めていたんだろうか。だとしたら、あの夕日を浴びてきらきらした思い出までかなしいものになってしまう。

私はもう、友だちをつくるのがこわくなってしまった。

これから先の人生でまた同じようなことが起きるかもしれない。それも、何度だって。そんなことに私は耐えられそうもない。

何度目か数え切れないほどのため息をついたそのとき。

「あっ」

とつぜん視界がひらけた。

背筋が徐々に伸びていく。

窓の向こうに現れたのは、広い水面《みなも》だった。

海だ！　とっさにそう思ったけれど、翡翠色《ひすいいろ》のそれは海ではなく湖だった。鏡のようにうつくしい湖に、空と山がくっきり映っている。その水面は電車とかなり近い。手を伸ばせば届きそうなほどすぐそこにある。まるで遊覧船に乗っているみたいだ。

はっとして、目がひと回り大きくひらくような思いがした。

私はこの湖を、知っている。

窓におでこを張り付けた。

でも、来た憶《おぼ》えがない。いったいどこで目にしたんだろう？

湖を通過してからも首をひねって見つめ続けた。電車が駅のホームに停車した。ドアが開くのを待つのももどかしく、私は隙間《すきま》をこじあけるようにホームに降り立った。フェンスに駆け寄って遠くに目を凝らす。うしろで軽い足音がした。

振り向いて、いま来た方角を指さした。

「ママ、私あの湖どっかで見た！」

「湖じゃなくてダムよ」

「知ってるの？」

びっくりして訊き返した私にママは、二十代の頃、パパと来たことがあるのだと言った。その写真を私はアルバムで見ていたのだった。

「どうしてここに来ようと思ったの？　わりと地味な場所だよね」

「来ようと思ったというよりは、きれいな景色が見えたから降りたの」

しばらくの間ふたりでフェンスにもたれてダムを見た。

穏やかな水面が風にあおられて、さざ波ができる。波は助走するように少しずつ高くなり、足し合ったり引き合ったりしているうちに大きくなって、そしていつの間にか消えている。

思う存分ダムを見たあとで、再び電車に乗った。

「まだ帰りたくないな」

遠ざかるダムを背につぶやいたら、ママがこちらを向いたのがわかった。

大きな駅で降りると、ママはパパに電話をかけた。忙しいタイミングだったのか通話はほんの一瞬で終わった。

「パパいいって？」

尋ねた私に、ママがにっこりうなずく。私たちはそのまま旅を続けることになった。

改札を出て金券ショップを探し、駅弁やお菓子、ドリンクを売店で買って、また電車に乗り込んだ。

そこから、ママとふたりで西を目指した。

青春18きっぷで、どこまでも下った。

大人のママでも使えるきっぷだなんて知らなかった。家族旅行のときはいつも飛行機か新幹線だから、ゆっくりゆっくり進む電車が新鮮だった。

しかし新鮮だったのははじめだけで、すぐにお尻《しり》が痛くなった。そしてとにかく暇だ。ぜんぜん時間が過ぎていかない。景色もずっと同じ緑や灰色が続く。退屈はいやな場面を思い出させた。机に突っ伏して過ごす休み時間。口をひらくことのない通学路。

夕暮れになると適当な駅で降りてビジネスホテルにチェックインした。ママとふたり見知らぬ路地裏を歩き、はじめて耳にする方言に包まれながら土地の名物を食べた。そのあとはコンビニで買ったデザートをホテルの狭い部屋でひろげて二次会をした。

「おやすみ」

ママが私を抱きしめる。おやすみ、くぐもった声で私は返す。

照明を落とすとママは、となりのベッドに横たわり膝《ひざ》を立ててねむる。

真っ暗な部屋で私はいったい何時間、ママの寝息を聴いていただろう。頭の中でいろんな不安がぐるぐる回って身体は疲れているのに脳は休まらず、気づいたら夜が明けている。

あっという間に土日が過ぎた。月曜になっても私たちは旅を続けた。火曜も水曜も木曜も。ママが帰ろうと言い出さないのをいいことに、ひたすら西へ向かった。

車内にメガネをかけた女の子が乗り込んでくるとどきっとした。ここに多麻ちゃんがいるはずはないし、そもそも多麻ちゃんはもうメガネじゃないのに。そういうときは立ち上がって、窓から見えるビルや人や畑をスマホで撮った。

写りのいい数枚をママのスマホに送信した。ママは写真というものを撮らない人だから。ときどきママはそれをパパに転送した。パパからはすぐにメールが届いた。ちゃんと仕事をしているのか不安になるくらいすぐ。うっとうしいのでろくに見ないで閉じた。

九州へ行きたいと言ったのは私だ。

津和野から萩《はぎ》、下関まで来たところで、ママは私に尋ねた。岩国を目指し広島方面へ戻るか、それとも橋を渡るか。

「河子はどうしたい？」

私はとにかく遠いところへ行きたかった。あの場所から、できるだけ離れたかった。

私たちは橋を渡った。

パパからはしつこいくらい電話がかかってきた。特に夜寝る前の電話は長かった。「今日の部屋からは、何が見える？」

そんなことを訊いてどうするのだと思いながら「山」と簡潔に答えた。うしろでママが「合言葉じゃあるまいし」と笑っている。そう言われてもパパに対して長い言葉を発するのが億劫《おっくう》でたまらない。エネルギーがもったいないような気すらする。

「山かあ」パパは特に気分を害した様子もなくしゃべり続ける。「山といえばさ、施設を移ることになったとき職員の一人に訊かれたんだ。次は山の中にある施設がいいか、港の見える施設がいいかって」

これは長くなりそうだと私は覚悟を決めた。

パパは九歳のときにお母さんを亡《な》くし、それから児童養護施設というところで育ったらしい。その話をするときのパパは最高潮に湿っている。

「パパは迷わず港って答えたよ。ぜんぜんいいことなんかない毎日だったけど、海の近くに住めると思ったらうきうきしたんだ。楽しみでたまらなかった。指折り数えて、毎晩、広い海をこちらに向かってゆっくり進んでくる船を思い浮かべながら眠ったんだよ」

海を夢見てねむる少年時代のパパが目に浮かんだ。

そのとき私は影も形もなかった。そのことがとても不思議に思える。

「そしたら半月後の朝とつぜん、港の方はいっぱいになったから山にしようって、有無を言わさず連れていかれてさあ。あれにはがっかりしたな」

電話を切ってその話をすると、ママは言った。

「いつも優先されるのは大人の都合だから」


「次の駅で降りてみようか」

ママが提案したのは、九州のとある町まで来たときだ。

私が関心を抱いた土地以外で、ママが降りようと言ったのはそれがはじめてだった。

そこは大きなモールと真新しいマンションの立ち並ぶ、なんの変哲もない町だった。ホームに降り立ち、木造の駅舎を反対側へ渡る。壁に貼《は》られたポスターに「蛍の郷」と書いてあった。

この近くにすこしだけ住んでいたことがあるのだとママは言った。

それで私たちは、砂浜にいる。JRを降りて地下鉄に乗り換え、さらにバスに一時間近くゆられて終点まで来たのだ。どこが「この近く」なのかわからない。二人で陸の果てまで行くのかと思うほど遠かった。せっかくだから会ってお礼を言いたい人がいる。ママはそう言った。

ママの手の中のヒトデを奪って、鼻に近づけてみる。顔をしかめてすぐ遠ざけた。しょっぱいような、かすかに腐ったようなにおいがした。

「ママは中一のとき友だちとうまくやれた？」

「まったく」ママは即答した。

「学校行きたくないって思った？」

「思ったこともあったけど、かといって家にいたいわけでもなかったな」

「さいあくじゃん。じゃあ中二は？」

中二、とママはつぶやいた。

「中二になったらなんかいいことあった？」

答える代わりにママは、首をかしげてほほ笑んだ。あったのかなかったのか、さっぱりわからない。こんなに謎《なぞ》な母親っているだろうか。

ママはあまりむかしの話をしない。もちろん訊いたらすこしは話してくれるけど、あまり具体的じゃない。だからママがこの海辺の町にいつからいつまで住んでいたのか、どうしてここに住むことになったのか、引っ越して次はどこへ誰と移動したのか、私は何ひとつ知らない。

パパは話す。訊いてもいないことまでぺらぺらしゃべる。ビールをちょっと飲んだだけで酔っぱらって、どうでもいいことまで微に入り細に入りしゃべり倒す。だから面倒くさい。

「さ、バス停に戻ろうか」

ママが急に立ち上がったので、びっくりした。

「なんで。寄っていきたいところがあるって言ったのはママじゃない」

「やっぱりいい。やめておく」

一度言ったことを覆《くつがえ》すなんてママらしくない。わけもわからぬまま私は食い下がった。

「お礼を言いたい人がいるんでしょ？　次に来られるのはいつになるかわかんないよ」

「そうだけど」

「行こうよママ」

立ち上がって手を取った。

ママと目の高さが同じになったのはちょうど一年前、小六の秋だ。

「ママより大きくなるかな」と言ったら、

「なってもらわないと困る」と笑われた。

今ではすこし低いところにあるその目を、じっと見つめる。いつものことながら、ママが何を考えているのかはよくわからない。

ママが会いたい人って誰なんだろう。ママがそういうことを言うのってほとんど聞いたことがない気がする。

自分の方から他人に近づいていくということが、ママにはない。目の前にいる人に対しても、心の中では距離を置いているのがわかる。私が勝手に想像しているだけかもしれない。ママがその感情を口にすることはないから。でもだいたい当たっていると思う。目の強さや身体の線から出る空気が、私やパパといるときとは別人のようなのだ。

私やパパと接するときのママは、他の人といるときとは明らかに違う。べたべたした愛情ではないけれど、ママはちゃんと私を見てくれる。やわらかい線でいつでも私を受け入れてくれる。そう思える。どうしてかはうまく説明できない。ママの愛情はママの人柄を説明するくらい難しい。

やっぱり会いに行った方がいいんじゃないだろうか。ママが誰かに会いたいと言うなんてめずらしいことだから。

それに、と私は思う。ママがどんな女の子だったのか、すごく興味がある。

ママは砂浜を歩き始めた。どこへ向かうのかはっきりさせないまま、石の階段をのぼり道路に出た。すっきりとしたきれいな町だ。道は平らに整備され、松原は短く刈られ、魚の干物とワカメの匂《にお》いがする。

左手に海岸線を眺めながら、アスファルトをひたすら歩いた。この道をまっすぐ行けばさっきのバス停がある。

「ママがここに住んでたのは高校生のときなんだよね？」

「そう」

「ね、彼氏いた？」

「さあどうだろうね」

「えっいたの？　どんな人？　パパみたいに泣き虫？」

泣き虫って、と笑いながらママは沖に目線を飛ばした。それから「いなかったよ」と静かな声でつけ加えた。

怪しい。きっといたのだ。なぜ隠すのだろう。べつにパパに言ったりしないのに。もしかして会いたいというのは、その男の人なんだろうか。

ママの視線の先を目で追う。白い波しぶきがうねっている。風と波の音が混ざり合い、遠ざかったり近づいたりする。波はどんどん姿を変えていく。片時も同じままでいない。流れてくるくるまわり、ときどき見えなくもなる。

長い時間待っていると、生まれ変わったような姿で現れることもある。

「おい、もしかしておまえ」

うしろから声をかけられたのは、もうすこしでバス停に着くというところだった。

「由井やなかとか」

男の人の声がママを呼んだ。びっくりした。私はパッと、ママはゆっくり、振り返った。

長く伸びた道の後方から、男の人がずんずん大股《おおまた》で歩いてくる。その人は私を見て目を丸くした。

「由井!」

「由井はこっちよ」ママが笑って自分の胸元を押さえる。「この子は娘」

「そうか、そうよな。何年振りや。二十五年? いやそれ以上か」

男性は頭をかきながら笑った。額には大粒の汗が浮き、息が切れている。走ってきたのだろうか。彼は興味津々《しんしん》の顔つきで私とママを交互に見た。

「よう似とんしゃあ。歩き方と、笑い方が特に似とう」

「よく言われる」

「でも、おまえよりは突っ張っとる感じがなかごたる」

笑うママの目の色彩が、かすかに落ちた。

＊

由井の肩越しはるか遠く、地平線を貨物船がのんびり進んでいく。

「海ば見とったとか」

幸太郎が声をかけると由井は振り返って、

「うん。あの船」と指さした。「あの大型船に乗ったらどこにいけるの」

「あれは全長が五十メーターくらいやけん、大型船とはいわん」

笑いながら幸太郎は自転車の前かごに手を突っ込んだ。通学用ヘルメットの上に置いていた紙袋をつかんで取り出す。

「五十メートルもあるのに？」

「おまえみたいに船を知らん人間が考えとうよりも、実際の船はずっと大きかとぞ。広か海に浮かんどるとば見とるとこまく感じるかしれんけど」

由井は黙って海を見つめた。その横顔は幼く、とても高校生には見えない。

「近くに寄る機会があったらその大きさが実感できるたい」

「そんな機会あるかな」

「いつかあるやろ」

幸太郎の家は高台をのぼり切った先にあった。祖父母と両親と五人で暮らす一軒家だ。

家のはす向かいにはちいさな公園があり、そこのベンチから見晴らす景色を由井は気に入ったようだった。ときどき早朝のバイト上がりにこうしてひとりでやってきては遠くを眺めている。

「大丈夫か。顔色の悪かごたる」

「ちょっと吐き気がする。でも平気、乗り物酔いみたいなものだから」

焼かれて出てくる菓子パンを鉄板からベルトコンベアへ移す作業を、延々としているのだと由井は言った。

「バイトが終わってもしばらくはベルトコンベアが動いているような気がする」

「それは確かに気持ち悪そうやな」

「うん。自分と世界の速度がずれてる感じ」

由井はひざに手を置き、深く息を吐いた。

紙袋を差し出す。これを渡そうと思って部屋からおりてきたのだ。

「よかったら使っちゃり」

由井は無言で中を覗いた。

顔を上げた、強い目に射すくめられる。その目がどういう感情を宿しているのかわからない。

母ちゃんから渡すよう頼まれた。事実をそのまま告げればいい。そう思うのだが、それだけじゃ足りない気がした。もっと言葉を紡《つむ》がなければ、由井には受け取ってもらえない。

「イトコのおふるで悪かばってん」

だからそう付け加えた。

「従姉《いとこ》さんも同じ高校だったの？」

「おう。いまは関西の大学に行っとう」

「ありがとう」

そっと大切そうに袋に添えられた手を見て、幸太郎は胸をなでおろした。

距離をあけて、となりに腰をおろす。

集落と海が見渡せるその場所から、しばらくのあいだ何も話さず船を眺めていた。

「乗り物って自由の象徴のような気がする」

ゆっくり進んでいく船を見ながら、由井は言った。

「いつかパッと乗ってパッと行きたいところへ行けるようになりたい」

「大事な話があるけん、おじいちゃんの部屋の雨戸ば閉めたら戻ってきて」

母からそう言われたのはひと月前、吹雪の晩のことだ。

夕飯のあと、祖父に肩をかして掘りごたつから立ち上がるところだった。梅干しの種が湯のみの底にしずんでいる。めんどくさいなと思いながら顔を上げて、どきっとした。

いつもは底抜けに陽気な母が、こわばった横顔で台所へ歩いていく。

「じいちゃん、便所は行かんでよかと」

幸太郎が尋ねると祖父はろれつの回らない口で「よか」と答えた。数年前に脳梗塞《のうこうそく》をやって半身不随になった祖父は、ものすごくゆっくりしゃべる。歩くのもスローで、一歩の幅が極端に狭い。祖父といっしょに歩くと、廊下が果てしなく長く感じる。

祖父の部屋は座敷のとなりにあった。ベッドに身体をそっと横たえて、テレビのリモコンを渡した。「そこの本も取ってくれ」と頼まれた時代小説を手渡す。「読んでもすぐ忘れるけん何度も楽しめてお得ばい」というようなことを祖父は言ったと思う。祖父といちばん会話するのは幸太郎で、いちいち聞き返したりしないですべてクリアに聞こえているようにふるまうから、ときおり祖母や母に「いまおじいちゃんなんていいんしゃったと？」と真剣に訊かれて焦《あせ》る。

祖父の掛け布団《ぶとん》を首まで上げてから、窓の方へ歩いた。松原の手前の電線が風に煽《あお》られている。窓を開けると粉雪がぶわっと吹き込んで、鼻の奥まで一気につめたくなった。

以前は、祖父母の住まいは港のそばにあった。父の生まれ育った家だ。幸太郎がまだ赤ん坊のころ、地元に戻って工務店をひらいた父がまず取り掛かったのは、その家をつぶして駐車場にすることだった。そしてこの高台のてっぺんに家を建てた。以来幸太郎たちは祖父母といっしょに暮らしている。

雨戸に手をかけながら港の方を見た。波が高い。波浪注意報は、じき警報に変わるだろう。ふだんなら町へ働きに出ている人たちがバスで帰ってくる時刻だが、さすがに海のそばを歩いている者はいなかった。魚屋もリカーショップもバス停前の商店も早々と店じまいしている。

幸太郎は、雨戸を力強く引っ張った。

「先週、お母さんのふるい友だちが越して来んしゃったとよ」掘りごたつで母はそう切り出した。

「はっ、ここに？」

信じられない。いったいなんだってまたこんな陸の孤島に。しかも先週？　全員が顔見知りのこの田舎に新人さんがやってきたとなったら、半日もあれば集落の端から端まで伝わる。それが一週間ものあいだ知られずにいるなんてことがありうるだろうか。幸太郎の疑問には一切答えず母は言った。

「それで今から様子ば見に行ってきてほしいと。こげな天気やけん」

「それはよかけど、どこに住んどんしゃあと」

母は言いにくそうに、こうば、と言った。

絶句してしまった。その人は、幸太郎の祖父母がむかし、豆腐を作るために使っていた作業場に住んでいるのだという。あそこははっきり言って人が住むような場所じゃない。あばら家だ。風に吹かれてバラバラになって、あした跡形もなく消え失せていたとしてもだれも驚かない。

しかもその女性は、娘をふたり連れているのだという。あんな今にも朽ち果てそうな小屋に。正気と思えない。

「上の娘さんはあんたと同じ高校に入ることになっとうとよ。下の子はN中。だけん、面倒ば見ちゃって」

「本気で言っとうと？　本気であそこに住むと？　なんで？」

「なんでって訊かれても」

「なんもなかやん。よかところが見つかるまでうちに住まわせたら。部屋は余っとうっちゃけん」

「そうっちゃけど」母がビニール袋を差し出してきた。中にはタッパーがいくつか入っている。「とにかく行ってきて。ついでにこれば届けてきちゃり」

渡された袋を手に幸太郎は家を出た。

目玉が凍りそうに寒い。長い坂道をくだり、魚屋の角でまがって納骨堂の脇《わき》をすぎた。耳元をビョオビョオ風の切る音がする。

港のはずれまで来てやっと、ふるい建物が見えてきた。

祖父が現役だったころはここで大豆を蒸したり、出来上がった豆腐をバーナーで焼いたり、大量の油で揚げたりしていた。

記憶とともに豆乳の濃い匂いが鼻の奥に蘇《よみがえ》ってくる。

繁忙期には家族だけでは手が足りずバイトを雇い、それなりに活気あふれる場所だった。人の声や揚げ油の音でいつも賑《にぎ》やかだった。

それがいまでは。

継ぎ接《は》ぎした板が風にガタガタとおそろしげにゆれるのを、幸太郎はじっと見た。これじゃ幽霊屋敷だ。海岸ドライブに来た町の若者たちが肝試しに立ち入ろうとしてもおかしくない。前に来たときよりさらに荒れてひどい状態になっている。中はとてつもなく寒いはずだ。やはり正気と思えない。

どうしたもんかと眺めていると、建物の裏手で小枝を踏むような軽い音がたった。

ひやっとしてそちらを見る。暗がりに、ちいさな影が浮かび上がった。

ごつごつした石の転がる足場の悪いところを、影はまっすぐこちらへ向かって歩いてくる。街灯をあびて、その姿が足元からすこしずつ照らされていく。

どこかで看板が吹き飛ぶような音がした。カンカンと道を転がっていく音色が、幸太郎の胸をダイレクトに叩《たた》く。

現れたその目に、幸太郎は激しく動揺した。

少女だった。目が大きく見えるのは顔の肉が少ないせいだろうか。もっとよく見たい近づきたい。そう思ってまばたきをする間に、ぶわっと巻き起こった風が彼女の黒髪を舞い上げて一瞬、顔を隠してまた現わした。強い目だ。静謐《せいひつ》で落ち着いているのに泣きわめいているような、今にも叫び出しそうな瞳の色。

「あの、おれ、おまえの母ちゃんの友だちの息子で」

少女はかすかにうなずくと幸太郎に背を向け、扉に手をかけた。うすい肩を見つめながら幸太郎は思った。この子が妹だろう。錆《さ》びついた引き戸は大きく上下に揺れながらやっと開いた。

工場《こうば》の隅に、少女よりさらに年少の女の子がいた。コートのボタンをきっちり留めた身体に布団を巻き付けて体育座りしている。こっちが妹か。幸太郎はさっきの少女が姉で、高校生であることに驚いた。とてもそうは見えないほど小柄でたよりない。

妹の方は幸太郎に気づいてはっとしたが、「おれの母ちゃんがおまえらの母ちゃんと友だちで」さっきと同じことを繰り返すと、笑顔でひらひらと手を振ってきた。

想像通りの屋内だ。ここには生活するために必要なものが何もない。洗濯機も風呂《ふろ》も、トイレすらない。あるのは帳面をつけるための机とキャスターつきの椅子《いす》。豆腐を冷やすための巨大冷蔵庫。それから真ん中に広々としたスペース。つめたいコンクリートがむき出しになっている。ここに布団を敷いてねむるというのだろうか。

「あれ、おまえの母ちゃんは」

「仕事」少女はぶっきらぼうに答えた。

「どこで」

すこし考えてから少女は、

「Sってところ」

県境にある集落の名前を出した。

こんな時間に女性がSで働くとしたらお酒を出す店だ。あの辺りにはむかし半導体工場がたくさんあって、何万人もの人間が関係会社で働いていた。現在工場はすべて閉鎖され、場末のスナックだけが数軒残っている。この集落のおじさんやおじいさんは今でもときどきそこへ飲みにいく。酔いつぶれた彼らを迎えにいくのは妻や嫁だ。幸太郎も母についていったことがある。夜中にトイレで目が覚めたら、ちょうど母が車の鍵《かぎ》をつかんで出かけるところだったのだ。小学校の低学年で、夏休みで、真夜中のドライブはわくわくした。ときおり照らされる母の横顔はぜんぜん楽しそうではなかった。そのことすら幸太郎には可笑《おか》しく、妙にハイテンションになって変なことばかり口走り、しまいにはつられて母も笑っていた。あのとき迎えにいったのが祖父だったのか父だったのかは憶えていない。

「じゃあ朝までおまえら二人だけか」

「なんでそんなこと訊くの」

「お、女の子やし、危なかろうもん」

動揺して声が裏返ってしまった。東京の言葉。

都会の人がここに、なんで?

「朝までじゃないよ、夕方までだよー」

奥から妹が明るい声を飛ばしてくる。

余計なことをしゃべるな、と目で制す少女の頭上を跳ねるような声で妹は、「お母さん、日中は弁当屋で働いてるんだ」と言った。

幸太郎は母から託された袋を差し出した。少女がゆっくり腕を伸ばしてくる。と思ったらとつぜんびくっと肩をふるわせ、素早く手を引っ込めた。何事かという表情で屋外に顔を向けている。

「ゴゴッ」とくぐもった音がした。

ビンボンバンボーン。ひび割れたチャイムが灰色の空を伝って集落の隅まで広がっていく。

「お知らせ致します。ボウボボボッ、波浪注意報が発令されています。高波が予想されますので、海のそばには近づかないでください。ボゴッ、くりかえします。波浪注意報が発令されています。海のそばには近づかないでください」

ピュイーーー、ゴト。エコーを響かせて放送が終わった。

ねえ、と少女が幸太郎を呼んだ。

「あれって使っていいの」

彼女が指さしたのは、ステンレス製の大きな容器だった。豆腐を冷水に放すために使っていた水槽だ。

「よかよ」と幸太郎は答えた。なにに使うのか尋ねようとしたら、

「今のなにー?」妹が訊いてきた。「ハローなんとかって言ってたけど」

「町内放送たい。今は波が高かけん用心してくださいって。なんかあったらうちは高台にあるけん」

「町内放送? ぜんぜん聞き取れなかった。エコーかかりすぎ。音割れてわんわん鳴ってるし」

妹の笑い声の陰に隠れるように、少女がひっそり尋ねてきた。

「コンビニはどこにある？」

「コンビニか。コンビニはここから車で二十分かかる」

「歩いたら」

「歩いていくやつはおらん。なんか要るものがあるなら買ってきちゃろうか」

「要るものなんてない」

じゃあなぜ訊いたのだ。おかしな奴《やつ》。少女にビニール袋を渡して幸太郎はその場を後にした。

それが、由井との出会いだった。

「じょうらくってどんな字？」

次に会ったのは高校の教室で、由井は幸太郎にそう尋ねてきた。

「そえんことば訊かれたことはなかったなあ」

首をかしげる由井に、幸太郎は説明した。

「知り合いにも親戚《しんせき》にもじょうらくはいっぱいおるけん」

「ああ」

「常に楽しい幸せな太郎、これで常楽幸太郎たい」

「誰がつけてくれたの」

「母ちゃん」

いい名前だね。由井はそう言った。

この名前はあまりに前向きすぎてこれまでに何度もからかわれた。けれど由井の場合、芯《しん》からそう言ってくれているのが伝わってきた。なぜか真剣に響いた。

自分の名前はわりといいかもしれない、そう思えたのはこのときが生まれてはじめてだった。


由井がセーラー服を着てきた。高台の公園で幸太郎が渡したものだ。まったくなじんでいない。なじみそうな気配もない。思い返してみれば、これまで着ていたシャツですら違和感があったのだ。由井が何かとすんなり混じり合うということがあるのだろうか。

彼女の首元に、幸太郎の目は吸い寄せられた。細く黒い紐《ひも》がちらりと覗いている。アクセサリーか何かだろうか？

昼休み、由井はベランダの手すりにもたれて校庭を眺めながら菓子パンを食《は》んでいた。

「由井さん、その制服どうしたとー？」

クラスで一番騒がしい敏枝《としえ》が大声で近づいていった。想定の範囲内だが、余計なことを言いやしないかひやひやする。

「昨日までシャツとずぼんやったとに。どこで買いんしゃったと？」

微動だにしない由井のほっそりした横顔。

由井は自分に関する質問を好まない。

そういう話題になるとわかりやすくやりとりを閉じる。ほとんど何も訊かれたくないみたいだった。そんなことくらい、ひと月も同じ教室にいたら察することができそうなものだ。敏枝はなぜあんなに押しが強いのだろう。

やめとけ。念力を送る幸太郎の眼差しなど届くはずもなく、敏枝はじりじりと由井に接近していく。

「いつもパン食べとうよね。パン好きと？」

「べつにそういうわけじゃない」

「あー、なんか由井さんって、テレビに出てくる人みたいよね。東京の人はみんなほんとうにこえん風にしゃべるっちゃねえ。東京の、なんかお寺みたいな名前のところに住んどったっちゃろ？　それって港区とか渋谷の近く？」

　由井がちらりと敏枝の顔を見上げた。

「どうしてそこに住んでたってわかったの」

「どっかで聞いたとよ」

「どっかって」

「どこやったかな、もう忘れた。ねえ原宿とか行きよった？　チョベリバとかほんとに言うと？」

　由井が社交終了のシャッターをおろしたことにも気づかず、敏枝は矢継ぎ早に質問を浴びせる。

「芸能人見た？　あと、男もオンナみたいな喋《しゃべ》り方しんしゃあと？　キミはどこ出身なの、みたいな」

「そえんいっぺんに訊かれたら答えようがないたい」

　ついに幸太郎は口を挟んでしまう。敏枝は意に介さない。

「いいやん。訊きたいっちゃけん」振り返って窓際《ぎわ》の幸太郎を一喝し、また由井に向き直る。「ねえ、このセーラー服ってもしかして誰かのおさがり？」

　由井のセーラー服の襟をつかんで裏返したり顔を近づけたりして見ていた敏枝が

「あ！」と、ひときわ大きな声を上げた。

やばい。幸太郎が肝を冷やした瞬間、敏枝は襟元に手を突っ込んだ。

とっさに由井は身体を引いたが、敏枝はすでに黒い紐をつかんで引きずり出している。

「これ、雑誌で見たことある！　チョーカーっていうっちゃろ？　東京の彼氏さんにもらったと？」

由井はかすかに頬をこわばらせ、息を吐いた。

「おいやめとけって」

「うわ〜、すてき〜」

幸太郎の声など完全無視で敏枝はチョーカーに顔を寄せ、舐《な》めるように見た。

「これ、星の数を増やせるっちゃんね。ふたつ付いとうってことはもう付き合って一年以上経《た》つと？　増やすとは誕生日？　それとも記念日ね。星が七つになったら結婚しようとか約束しとうと？」

由井は胸元に手を置いてチョーカーをしまいながら、ベランダから教室に入ってきた。怒ったのか、と思いきやいつものポーカーフェイスで自分の机へまっすぐ歩いていく。

「照れんでもよかじゃないね。ね、教えてよ」

敏枝はまだつきまとっている。

「おい、ええ加減にせえって」

「幸太郎は黙っとって。女の話なんやけん。ね、彼氏さんとどこまでいっとうと？

A？　B？　まさかC？」

「おまえ変な雑誌の読みすぎやろ」

「おちゃっぴーは変な雑誌やなかばい」

「おちゃっぴー」で得た知識を、敏枝の妹も教室で披露しているらしい。その光景が目に浮かんでどっと疲れた。あの姉妹は顔も性格も瓜《うり》二つだ。遠くから点のような姿を見るだけでお腹《なか》いっぱいになる。

「朝学活から放課後まで、一日中下ネタばっかり」

由井の妹の梢《こずえ》が、うんざりした口調で言った。

「今日も体育の時間に、グラウンドに運動靴で絵を描いてた」

「なんの絵？」

おひつを運んできた母が可笑しそうに尋ねた。

「とても口にはできないような絵です」

由井と梢が家に来るのは、これが二度目だった。父は現場、祖父母はデイケアに行っている。由井たちを招く日は食卓がいつもより豪華だ。尾頭付きの刺身、炊《た》き込みご飯、高級魚の煮つけ。

おいしい、と由井がつぶやいた。

「こんなの食べたことないです」

「そえん大したものじゃなかとよ」

「いいえ」由井はきっぱり否定した。「新鮮でほんとうにおいしいです。なんていうお魚なんですか」

「イッサキ」

母は由井たちの食欲をまぶしそうに眺めていた。

由井が嚥下《えんげ》するたび、首元の星がゆれる。ふるえて離れ、また白い肌に吸いつく。

視線を感じたのか、由井がこちらを向いた。

「め、目玉は食べんと？」

とっさに思いついた質問をすると、由井はかすかに目を細めた。

「目玉食べたら頭がよくなるとぞ」

「あたしむり」顔をひきつらせて梢が言った。

「わたしは……」

ためらう由井の皿から母が目玉を箸《はし》でつまんだ。

「むりせんでよかとよ。もう十分かしこかっちゃけん」そう言って、幸太郎の皿に落とす。「ほら食べり。あんたはちーっと足りんけん」

ふてくされながら口に放り込んだ目玉は、嚙むとぱさぱさしておいしくはない。ただ、すてる気にはならない。

星を贈った東京の男は目玉を食べないのだろうな。

「なんか困っとうことはない？」

母に訊かれ、「ないです」と由井が即答するのと同時に、

「バブル？　ギャンブル？　連帯保証人？」梢が妙な声色で言った。

目で止めようとする由井を無視して梢は続ける。

「事情も知らんでいろんな人が好き勝手言うやろうけど、気にしたらいかんよ。言いたい人には言わせといたらよかと。田舎は噂《うわさ》話以外に娯楽がないっちゃけん」

「川崎さんね」と母が苦笑した。「よう似とう、梢ちゃん上手。ばってんあの人にも困ったもんね」

川崎さんは由井と同じパン工場で働いている年配の女性だ。梢は彼女のモノマネを続けた。

「女の子がいつも公園でトイレしとったらあぶなかよ。それから毎日お店のお弁当ばっかりだったら身体に悪いけん、いつでもおばちゃんとこに食べにおいで。あ、でもそんなことばしたらお母さんから怒るるるかな」

「怒るるるやなくて、怒らるる、たい」

幸太郎が指摘すると、梢はそうだっけと明るく笑った。

「あの人って他人との距離がすんごく近いよね。そう思わない？」

「かもしれん」

「せいぜい五ミリって感じ。普通の人は一メートルくらい？　お姉ちゃんは五キロ以上あるけど」

言えている。五ミリの人と、五キロの人。まったく相手にしない由井にひたすら話しかける川崎さんの様子が目に浮かび、笑いがこみあげてきた。

ククッと肩をふるわせる幸太郎と梢を横目に、「ごちそうさまでした」と由井はしずかに言って、食器を手に立ち上がる。

「そんなことはせんでいい」と言う母と、「これくらい洗わせてください」と申し出る由井が他愛《たわい》ない言い合いをするうちに、茶碗《ちゃわん》がひとつ、ふたりの手の間からすべり落ちた。

派手な音を立てて茶碗は粉々に砕けた。

破片が散らばった真ん中で、由井はフリーズしていた。

眉一つ動かさないその姿はいつかテレビで見た、ライオンに捕らわれた瞬間のシマウマを思わせた。

ライオンの鋭い牙《きば》で引き裂かれているあいだ苦しまずにすむように、シマウマは音や匂いや痛みに関するすべての感覚を鈍らせているのです。解説の人はそう言った。

広いサバンナの真ん中で五感を消すシマウマと、目の前の由井が重なった。

息をしているのかいないのかすらわからない由井の手を、梢がとった。

食事を終えると姉妹を港のそばまで送っていった。

すれ違うお年寄りたちに梢は大きな声であいさつをした。手押し車のおじいさんには腰をかがめるようにして、はきはきしゃべった。由井はひっそりほほ笑んでいつも通りの声で応じた。こうちゃん両手に花でよかねえ。おばあさんたちにからかわれながら歩いた。

納骨堂の脇をすぎると水音が聴こえてくる。松原の入口から十メートルほどの場所に、短い橋があった。その下を流れるのは、ちいさな川だ。幅が狭く水量もさほど多くないその川に、由井は妙に心惹《ひ》かれるようだった。いつもそこで足を止めた。穏やかな川だが、じっと眺めているとふいに流れが速まったりうずまきが起きたりした。由井はずっとその流れを見つめていた。

「この辺は、知る人ぞ知る蛍の名所ぞ」

幸太郎はそう言って、田んぼの奥の茂みを指さした。

「え」梢がきょろきょろした。「どこに飛んでんの」

「あほか。三月に飛ぶ蛍がどこにおる」あきれて幸太郎は言った。「早くて五月、だいたいは六月に入ってからたい。都会の人はほんとになんも知らんっちゃなあ」

「へー、そうなんだ」

「やけんその頃また、見に連れてきちゃる」

わーいと梢が言った瞬間、ゴゴッとくぐもった音がして由井の肩が跳ねた。

町内放送だった。来週N中で水難事故の対処講習が行われます。市民の方ならどなたでも無料で参加できます。というようなことがいつものように音割れのひどいスピーカーから鳴り響き、それに呼応してどこかの犬が吠《ほ》えた。

ふたたび静かになってから、由井がふっと笑った。

「聞き取れた」

「なんが」

「さっきの放送」

「そうそう。最近けっこうわかるんだよね」梢が同意した。「空き缶の回収、清掃奉仕。あとは元気で長生き健康教室。そんな感じでしょ？」

「合っとう」

「川崎さんのおかげかもね」由井がまた笑った。

一雨ごとに春の気配が濃くなっていくころ、ふと気がついた。

由井たちの住まいには郵便受けがない。

「郵便物とかどうするっちゃろう」

母に尋ねてみた。

電話もない。まさか今どき電報？　それとも何か特別な方法があるのだろうか。

母はすこし迷うそぶりを見せてから、私書箱と答えた。

「ししょばこ？」

「そう。町の方にそういう業者があるとよ。ロッカーみたいなところば借りとうとって」

「そこに、由井の友だちとか彼氏が手紙を送ってきんしゃあと？」

彼氏？　と母は鋭く訊き返してきた。

「彼氏がおるって？」

余計なことを口にしてしまったかと内心焦りつつ、すっとぼけたふりで首をかしげる。

しかし母は騙《だま》せない。しっかり幸太郎の目を捉《とら》えて、念押しするようにもう一度尋ねてきた。

「付き合っとう人がおるって、本人が言いんしゃった？」

「知らん。なんとなくそう思っただけたい。おらんかもしれん」

「おっても、彼氏は、送ってこられんやろうね」母はためらいがちに言った。「教えたらいかんはずやけん。郵便ば送ってくるとは弁護士さんとか、前の学校の先生とか、あとは役所関係やないかな」

「ほかは誰とも連絡とりよらんと」

「のはずよ。前住んどんしゃったところではどうやったか知らんばってん、すくなくともこの集落に来てからは」

「なんで住所を教えたらいかんと」

「知らん」

「なんでここに引っ越してきたと」

「お金のトラブル。これ以上はなんも言われん。あたしも詳しいことは知らんとって」

母は目を逸《そ》らして立ち上がり、居間を出ていった。


「まずは自分の安全を確保してください」

水難事故対処講習のはじめに、元海上自衛隊員だという白髪交じりの屈強な男性はそう言った。

「溺《おぼ》れている人を見つけていきなり水に飛び込む。これはいちばんやってはいけないことです。どんなに自分の泳ぎに自信があっても、溺れている人を助けるために飛び込んではいけない。二重遭難になります。とにかくまずは自分を助けること」

彼は大きなペットボトルを高く掲げた。

「スーパーの袋や、ビーチボールでも構いません。何か浮くものを見つけて投げ入れる。ロープや棒を差し出すのも場合によっては有効です。ですが、まずは自分の安全確保」

男性は同じことを繰り返した。

まず自分を守る。それをせずに人を助けようなんて思っちゃいけない。

「周囲に協力をもとめるのはその次です。ライフセーバーのような水難救助の専門家でさえ、道具を持たずに救助へ向かうことはありません。もしもあなたが溺れてしまった場合は何か浮くものにつかまって、待ってください。大きな波が押し寄せてものみこまれずに、あきらめずに、なんとか耐えて待ってください。では、ここまでで何か質問はありますか？」

「どうやったらわかるのかな」由井がつぶやいた。

「なんが」

「いつまで待てばいいのか」

幸太郎はじっと由井の横顔を見つめた。

「つかまっているものがこれで正しいのか」

「ゴボボボッ、ブツッ、玄洋丸〜玄洋丸〜、ガガゴッ、四時二十分、四時二十分」

「今のなんとか丸って、船の名前だよね」

となりを歩く由井が訊いてきた。

「そう、この時間に船が戻ってきますよっていうアナウンスたい」

「無事に帰ってきますっていうお知らせ？」

ちがうちがう、と幸太郎は笑ってしまった。都会の人の発想は面白い。そんなことを知らせてどうなるというのだ。

「あの放送ば聴いて、担当の人たちが漁協に集まるったい。発泡スチロールに氷を詰めたり、魚をきれいにしたり、トラックに積む準備をするために」

ふうん、と由井は港の方へ視線を飛ばした。このあぜ道から海は見えない。

水難事故対処講習の帰り道。自転車を押す幸太郎と由井の後方を、敏枝姉妹と梢が歩いている。うしろの三人はうるさいほど賑やかだ。その声は、道端にエロ本が落ちていたことでさらに騒々しくなった。人妻ものだ。気まずい思いで幸太郎は顔を伏せて過ぎる。

となりを歩く由井がふっと笑った。

「なんがおかしかと」

「中学のときああいうのを好きな男子がいたから」

「彼氏か」

「うらん、友だち。いい子だった。下ネタばかり言ってたけど」

「敏枝と変わらんな」

そうだねと笑う由井の声をかき消すように、チリリンとうしろから自転車のベルが鳴り響いた。五人は振り返りながら一列になって道の端によける。猛スピードで近づいてきたのは、ほっかむりをした川崎さんだった。

「あらあ由井さんたち！　ごめんねえ、ちょっと話しよる時間のなかけん」けたたましく言いながら川崎さんは疾風を巻き起こし幸太郎たちの脇を通り抜けていった。ごめんどころか時間がなくてよかったと由井はほっとしていることだろう。

「超速いね」遠ざかっていく川崎さんを見送りながら、梢が感心したように言った。

「まさか電動？」

「それが違うとよ、自力」敏枝が言う。

「うそー、超すごい。あんなに急いでどこに行くんだろう」

「漁協たい。長男が漁師やけん、その手伝い」

「へえ、川崎さん子どもいたんだ」

「おんしゃあよ、三人。長男と三男はあたしたちと同じ高校やったと。次男だけは県でいちばんの私立に行きんしゃった。なんか知らんばってん次男だけ優秀やったとよ。そのまま大学に進んで女子高の先生になりんしゃった。自分の学校の生徒と結婚したけん、最初はいろいろ言われよったみたい。つきあい始めたのは卒業後って本人は言いよったけど、あやしいとあたしは思うね。たぶん放課後の教室とか体育倉庫とかでやりまくりよ。長男は漁師やろ、三男は一時期行方知れずやったけど、ある日とつぜんふらあっと帰ってきて、しばらくは働かんで家でぼーっとしよんしゃった。あのころの川崎さんはよくうちのお母さんに愚痴っとったよ。おなごはよかなあ、男やら産むことといっちょんいらんばいって。でもその三男も、いまはＮ中で用務員？　警備員？　なんかそういうのばやりよる」

「へえ、Ｎ中で仕事してるんだ。知らなかった。娘さんはいないの？」

「おらんよ。三人とも男」さらっと敏枝は言った。「四人目どうするかさんざん迷っとったらしいけど、また男やったらと思うと怖すぎるって結局打ち止めになったと」

まるで夫婦の寝室を覗《のぞ》き見してきたかのようなことを言う。

「これ持っていっちゃり」

その日母から渡されたのは、スポーツバッグだった。

主語がないときは由井たちに関する話題だという暗黙の了解ができつつある。

「母ちゃんが持っていった方がよかっちゃない？」

「あたしは高校に行かなならんとよ」

「ＰＴＡ？」

「そう。親のバレーボール大会のトーナメント表ば作ったり、こないだのリサイクルで余った制服ばなおしたり、けっこう忙しかと」

「親がバレーボール大会する意味あると？」

「知らんばってん、まあ、親の健康も大事っていうことやろうもん」

「うわっ重たか」片手で持ち上げようとしてよろめいた。「なんが入っとうと」

本、と母は答えた。

「倉庫にあったのとか、昔おじいちゃんやお父さんが読みよったのとか適当に詰めたとよ」

「へえ、こえんたくさんあったっちゃねえ」

幸太郎が感心して言うと、母は困ったように笑って、

「本があの子のいちばん欲しかものかどうかは、わからんばってん」と言った。

由井のいちばん欲しいもの。それが何なのかを母が考えているということに少し驚

いた。

何が欲しいのか、尋ねても由井が答えるとは思えない。

ふいに、由井からコンビニの場所を訊かれたことを思い出した。それはコンビニで買えるものなのだろうか。

「そういやあいつ、教室でもよう図書室からかりてきた本ば読みよる」

「ならよかった。前に住んどんしゃったところからはあんまり荷物ば持ってこれんかったらしくて」

「前って東京?」

「ちがう。どっか島におったらしい」

「島って」笑ってしまう。「そえん言い方したら無人島みたいやん。どこの島よ」

「だから知らんって」

「そもそも母ちゃん、由井のお母さんとどこで知り合ったと?」

「結婚式場」

母は思い出すように遠くを見て、となりの県にある大きな市の名前を出した。

「そこでいっしょにバイトしとったと。彼女はピアノを弾く人で、あたしはウエイトレス」

母がウエイトレスだなんてなんだか想像がつかない。

「彼女の旦那《だんな》さんはそのとき大学院生で、三人でお酒のんだこともあるとよ。式場のそばの居酒屋でね」

「由井の親父《おやじ》さんってどんな人？」

「頭のよか人よ。学校の勉強だけやなくて、この世界のいろんなことば知っとんしゃったね。あそこまで賢か人にはあれっきり会うたことがないかもしれん。寡黙《かもく》でぴりっとした鋭い目の人で、でも笑うとやさーしか顔になって、今思うとずいぶん情の厚か人やった。誰からも慕われとったよ」

ふうん、と幸太郎はその人の姿を思い浮かべた。

由井は親父さんに、似ているのだろうか。

由井の母親はちらりとだけ見たことがある。夕方由井たちを工場まで送っていったときだ。ガラス扉の向こうでノートに何か書いていた母親は、幸太郎に気づくとそっと会釈《えしゃく》してきた。そのしずかな雰囲気は由井と近いものがあったが、顔立ちはそこまで似ていなかった気がする。

「あたしも一度、悩みを相談したことがあるとよ。三人でのみようときに」

「悩みって何」

「里のお母さんのこと」

「ん？　ばあちゃんは、母ちゃんが中学生のころ亡くなりんしゃったっちゃろう？　大人になってからなにを悩むことがあったと」

「あのね、あんたには言っとらんかったけど、あたしずっと悔やんどったとよ」

「やけん、なにを？」

「あの日は朝からイライラしとってね、暑かとに試験勉強はせなならんし、蟬《せみ》はうるさかし、家の手伝いもあるし、朝ごはんは毎日代わり映えせんし、とにかくもうぜんぶに腹がたっとったと。そのうえ包もうとした弁当がちっともおいしく見えんかったけん、お母さんに文句ば言ったとよ」

「なんて？」

「とにかくひどかこと。もう、信じられんような浅はかで自分勝手なこと。そんでその弁当ば玄関に置きざりにして学校に行ったと。いってらっしゃいって言ってくれとうのに、返事もせんでね。そしたらその二時間後、お母さんはスズメバチに刺されて」

　母はそこで口をつぐんだ。

　その先は知っている。

ばあちゃんは、スズメバチに刺されて死んだ。

「まさかあれで終《しま》えるなんて、思いもせんもん。なんであえんこと言ったっちゃろう。長い夢やったらいいとにと思っても現実やもんね」

すん、と鼻をすすって母はむりやり口角を上げた。

「くるしかったー。胸をえぐるようなことば何遍も何遍も思い出して」

自分が母の立場だったら、同じように自分を責めるかもしれない。でも。

「ばあちゃんが死んだのは母ちゃんのせいやなかやん」

「そうっちゃけど、わかっとうっちゃけど、それでもくるしかったとよ。ひとりで堂々巡り、ずっとおんなじことばくりかえし考えよった。悔やんで悔やんで、誰にも言えんかった。あの人たちに会うまでは」

「反抗期っていうと？　自分の娘はいまそういう時期やってばあちゃんもわかっとったっちゃない」

幸太郎が言うと母はうなずいて、由井の母親もそうやって慰めてくれたのだと言った。

「思春期ってそういうもん。きっとお母さんも通ってきた道やけん、年齢相応の可愛《かわい》い反抗って理解してくれとったはずって。いまこの年になったらそうかもしれんって思うっちゃけど、そんときはちっともそんな風に思われんかった」

「そんで、由井の親父さんはなんて?」

母は正確に思い出すように、数秒黙ってから、言葉をゆっくり紡《つむ》いだ。

「否定的に考えると脳が守りの体制に入る。そのせいで力が発揮できんようになるけん、もったいなかって」

「……難しかことば言いんしゃあね」

「難しかことば言う人やったとよ」

母は笑って、それからこんな風にも言われた、と付け加えた。

「それが安伊子《あいこ》さんのすべてやなかろうもんって。それでなんかハッとしてね、自分のことがいやでゆるせんでもうこの先いいことなんかなんもないって決めつけとったけど、それがあたしを構成する全部ではないっちゃなあ、って我に返ったと」

それが安伊子さんのすべてやなかろうもん。

「あのセリフはずっとあたしの中に残っとうとよね。たまにふっと思いだして涙の出そうになる」

うつむいて母は自分の掌をじっと見た。

あれ、と幸太郎は思った。爪《つめ》に、泥のようなものが入りこんでいる。

「母ちゃんどうしたと、その爪」

あ、これ。母は恥ずかしそうに笑って指先をこすり合わせた。「さっき魚屋に寄った帰り、あの子に会うたとよ。制服姿で道端にへばりついとんしゃあけん、なんばしようとって訊いたら、いつも首につけとんしゃあ黒か紐、あればドブに落としたって言うと。だけんいっしょに探しよったとよ」

「紐やなくて、チョーカー」

「なんでもよかたい。若い人の言葉は憶《おぼ》えきらん」

「それで見つかったと、紐は」

「見つかった」

母はピースして笑った。

よく見ると、右のこめかみにもかすかに泥がこびりついている。幸太郎は手を伸ばし、その泥をとってやった。

「母ちゃんさ」

「なに」

「もしかして、好きやったたっちゃないと。由井の親父さんのこと」

「それはなか」母は即座に否定した。「友だちの恋人って、最初からそういうのとは別の場所にあるけん。そうたい、あんたも会うたことがあるとよ」

母はさっと立ち上がり、押し入れの扉を勢いよく開けた。

「いっしょに動物園に行ったと。ばってん憶えとらんか。まだこまかときやもんねえ」

引っ張り出してきたアルバムを、母は畳の上でひらいた。

フラミンゴの柵《さく》の前で、幸太郎一家と由井一家が並んで写っている。

雨上がりらしく地面は濡《ぬ》れて、ちいさな水たまりがいくつもあった。

「何回かはこうやって遊んだとよ。彼女たちが東京に引っ越してからは会われんようになったばってん」

あの夜が初対面じゃなかったのか。世界ががらりと反転するような気持で、ふるい写真に見入った。

幸太郎と由井は二歳くらいだろうか。

由井の父親は肩の筋肉の盛り上がった精悍《せいかん》な男性だった。グレーのランニングシャツを着て、ゆったりしたジーパンを穿《は》いている。鼻筋の通った彫りの深い顔立ちに、豊かな黒髪。目の奥に秘めた光の強さが由井と似ていた。

そのことを伝えると母は、性格もそっくりなのだと言った。

「へーどういうところが？」

「物事をつきつめて考えるところとか、他人に弱音を吐かんところとか……。やけん重なって、なんか心配になるったいね」

由井は今とあまり表情が変わっていない。ペアルックなのか父親と同じグレーのランニングシャツに、赤い長靴を履いている。つかれたと言わんばかりのふてくされた顔で、ひとり、しゃがんでいた。

「あっ」

「なによ」

写真の中の一点を、幸太郎は指差した。

由井の尻《しり》の下。親父さんの白いスニーカーがある。

由井は、雨に濡れたアスファルトではなく、親父さんの足の上に座っていた。差し出された足になんの疑問も持たず重みをゆだねている。

親父さんの足先からは、深い気持がにじみ出ていた。

大事な娘が濡れてしまわないように。

それは、よく目を開けていなければ見逃してしまいそうな愛情だった。

「それで、由井の親父さんは今どこにおんしゃあと」

びょういん、と母は言った。

机の脇《わき》にスポーツバッグを置くと、由井はありがとうと言って幸太郎を見た。

工場の隅に布団《ふとん》が三組たたんで重ねてある。由井たちはやはり、コンクリートむき出しの床に布団を敷いて寝ているようだった。

「毛布、足りとうか」

幸太郎が尋ねると、由井は意味を図るようにじっと見返してきた。

「ここはさむかろう」

「そういえば今朝、梢が雪の夢を見たって」そう言って由井はひっそり笑った。「ねえ今何時」

腕時計をのぞきこむように近づいてくる。石鹼《せっけん》の香りがした。

幸太郎は少し身を引いて「もうすぐ三時」と答えた。

「公衆電話ってどこにあるかわかる？」

「バス停に電話ボックスがあろうもん」

「あれは壊れてる」

「はあっ、まだ壊れとうとか。高校のは」

「先生の許可が必要だから」

「パン工場は」

「川崎さんがいる」

顔を見合わせて吹き出した。距離が縮まったような気がした。

「そうか、面倒やなあ。それやったらうちの電話ば使ってよかとぞ。おまえの都合さえよければ」

「わたしの都合ってなに」

由井の目が鋭くなった。幸太郎はしどろもどろで言った。

「いや、おれはようわからんけど、住所とか知られたらあんまりよくないっちゃろ？」

「べつに」と由井は突き放すように言った。「やっぱりいい、緊急じゃないから」

近くなったと思った距離が一瞬ではるか彼方《かなた》まで遠ざかった。ああと頭を抱え込みたくなる。

「わかった」平静を装《よそお》って幸太郎は言った。「どっかで見つけたら教えちゃる。でも電話がなかったら不便やろう」

「そうでもない。便利なこともある」

「どんな」

「聴きたくない声に心乱されずに済む」

それがどういうことか、幸太郎にはよくわからない。

由井が、スポーツバッグに手を伸ばした。ジッパーをちりちりと開ける。

中身を見た由井の目が輝いた。息をのんで一冊の文庫本をそっと手に取る。

由井が取り出したのは、有島武郎の『小さき者へ』だった。

ぱらぱらとめくりながら、由井は言った。

「父のこと聞いた？」

「病院に入っとんしゃあって」

「アル中病院なの」

幸太郎はどう反応したらいいのかわからず戸惑った。

由井は迷いのない声で言った。

「父はきっとお酒を断てずに死ぬと思う」

由井の口から吐き出された強い息が、ふだんから張ってある虚勢のバリアを、誰にも踏み込ませない領域を、さらに広くした。

「父はお酒のためにならどんな嘘《うそ》でもつくんだよ。父にとっての最優先は朝から晩まで飲み続けることなの。会話もなにもいみがない」

この集落にも浴びるように酒をのむ大人たちはいた。特に漁師にはそういう男が多い。

けれど朝から晩までというのは聞いたことがなかった。幸太郎が知らないだけだろうか。

「忘れる。麻痺《まひ》させる。そうやって父は幸せになっているのかもしれない」

「でも、今は病院で先生に診てもらっとうっちゃけん。酒ばやめるために入っとんしゃあっちゃろ？」

「入って出て、また入るよ。その繰り返しなんだもん。たぶん死ぬまでこのまま」

そう言うと由井はまた『小さき者へ』の世界に入っていった。

幸太郎はそっと由井の横顔を盗み見た。線が細くなったような気がする。また痩《や》せたんじゃないだろうか。何か自分にできることはないか。

あったとして、それをどうしたら由井はさせてくれるのだろう。

ページをめくる音だけが響く工場で、いろんな言葉が頭の中をぐるぐる回った。

しばらくしてふいに、由井が幸太郎の目を見た。

「やっぱり電話貸してくれる？」

「でも、ばれたらいかんっちゃろ」

「もうどうでもよくなった」

家には誰もいなかった。

由井は、メモも何も見ずに番号を押していく。呼び出し音が鳴りはじめた。

横顔がこわばっている。つられて幸太郎の息もつまる。

由井がしずかに受話器を置いた。ハアーと息を吐いて肩を下げる。

「もうよかとか。えらい早かったけど」

「十回鳴らしたら切るって、ずっと前に彼と決めたから」

「そうか」

彼、という言葉の大人びた響きにどきりとした。

その場を離れようとしたら、服のすそをひっぱられた。

やっぱり、と由井は早口に言った。

「もう一回だけ、いい？」

強い視線に心臓をわしづかみにされた。

　無言でうなずいて由井に受話器を渡し、幸太郎はリダイヤルボタンを押した。受話器を由井が耳に当てる。

　そのときなんの前触れもなく玄関のドアがひらいた。

「なんばしようと」

　母だった。幸太郎はとっさにフックを押した。

「クラスの連絡網。おれはうまく説明しきらんけん、由井に回してもらおうと思って。でっ、でも留守やった」

　言いながらそんなあほな話があるかと自分で自分に突っ込みたくなる。頰に由井の視線が突き刺さる。

　ふうん、と言いながら母は電話をじっと見た。その視線をすくい上げるように幸太郎は言った。

「バッグ、由井にちゃんと渡したけん。なんか、えらいすきな本があったって」

「あら、ほんと？」

　母が顔を上げた。

「はい」由井は鞄に手を入れ、『小さき者へ』を取り出して見せる。「これ、手元に置いておきたいってずっと思ってた本です」

「へえ、難しいとば読むっちゃねえ」

「わたしの欲しい言葉があるから」

「好きだし、こんなことを言われたかったなって言葉です」

　バイトをしているときにも心の中で読んでいたのだと由井は言った。


　名前を呼ばれたような気がしてカーテンをあけると、街灯の下に由井が立っていた。幸太郎の部屋を見上げている。夢かと思って目をこすったが、姿は消えない。目が合っても由井は驚いた顔をせず、じっと見つめ返してきた。こんな時間にいったい何をしているのだろう。いそいでジャンパーをはおり、階段をおりた。

　由井はかなしげな顔をしていた。

「なんかあったとか」

「ううん」うつむいて由井は首を振った。

「こんな時間に女の子がひとりでうろうろしたら危なかぞ」

「うん」

「大丈夫か」

「もしもさ」

「おう」

「今からN中に行きたいって言ったら、いっしょに来てくれる？」

「よかよ」

答えたら由井がこちらを向いた。可笑しそうに目を覗き込んでくる。

「何しにって訊かないの？」

「訊いたってしょうがなかろうもん」

どうせ答えてもらえんっちゃけん、と心の中で付け加える。

「チャリば取ってくる」

きびすを返した幸太郎の背中に、由井が言った。

「N中で確認したいものがあるの」

夜のあぜ道にキーコキーコとペダルをこぐ音が響く。うしろの荷台に座る由井は、子どもみたいに軽かった。

「こわい」

「なんが」

「虫の鳴き声が、大きくてこわい」

音を避けるように、由井は右や左に重心をずらした。

「あれは虫やない。アカガエルたい」

田んぼの向こう、満月の下にN中が見えてきた。夜風が吹いて樹木の長い枝をゆらす。葉っぱのこすれるカサカサという音が耳元で大きく聴こえた。


「なんかこそこそやりよると思ったら」

祖母のかさついた声が蘇《よみがえ》った。昨日の夕暮れどき。煮魚の匂《にお》いに誘われ階段をおりかけていた幸太郎は、その声のとげとげしさにどきっとして足をとめた。

「そえんことまでしてやる必要はなかって、前にも言ったやないね」

台所で夕飯の支度をする母に、祖母は怒りをぶちまけていた。

世間体が。厄介ごとに。不穏な言葉がきれぎれに聴こえてくる。由井たちのことを言っているのだとすぐにわかった。

ためらいがちな足音が仏間の方から近づいてきて、父が階段の下をとおりすぎた。

「もう母ちゃんわかったけん、あとはおれがよく言い聞かせるけん」

父はとりなすように言い、祖母は不承不承その場を離れた。とにかく穏便に、と諭すように父は言った。

「おまえの気持もわかるばってん、もう何か差し入れたり、うちに呼んだりはせんでほしい」

わかりました。すみません。母は詫びた。そして父が台所を出て工務店の方へ向かった瞬間幸太郎を呼び、タッパーを由井のところへ届けるよう言った。ぜんぜんわかっとらんやん。心の中で突っ込みつつ幸太郎はふたつ返事でうなずいて、港のはずれまで自転車を飛ばした。


「今日梢が前の中学の友だちに電話をかけたんだって」

夜の湿った空気に由井の声が溶け出す。

「どっから」

「知らない。たぶん誰かの家で借りたんだと思う」

「それで」

「梢がいまN中に通ってることを、その友だちが知ってた」

「なんで?!」

半分振り返った拍子に自転車がよろめき、幸太郎は慌《あわ》てて体勢を整えた。

「ま、まずいっちゃないと？　なんで知っとったと」

「わからない。梢も訊かなかったから。でも思い当たることがひとつだけある」

正門から裏門へ回ると、一階端の用務員室に人の気配があった。窓から灯りが漏れている。

葉っぱや砂利を踏んでその窓に近づいていった。由井にしゃがむよう目と手で合図して、背伸びする。

カーテンのすきまから、大人の男の足が見えた。どうやら川崎さんの三男は居眠りしているらしい。忍び足でその場を離れ、施錠されていない窓をみつけてよじ登った。先に幸太郎が入り、由井を引き上げた。つかんだ手首は細く、あまりにもたよりなかった。

目当てのものはすぐに見つかった。

出席簿を手に、由井は窓辺へいった。月明かりの下、さっとひらいてまつげを伏せる。そして、やっぱり、とつぶやいた。

うしろから覗き込むと、梢の名前のとなりに「東京都国分寺市立A中学校より転入」と書き込んである。

「学校の名前とか書いてあったらいかんっちゃないと」

由井はうなずき、困ったなと言った。

「前の中学の出席簿にも書いてあるんだと思う」

「なんで東京？　ここに来る前はどっかの島に住んどったっちゃろ？」

「そこでは学校に通ってなかったから」

今夜の由井はいつになく質問に答えてくれる。

幸太郎は勇気を出して、いちばん気になっていた人物のことを尋ねた。

「彼氏と連絡とれんごとなってからどれくらいね」

「……半年」

「そ、そえん経《た》っとったとか！」

「もう、彼氏じゃないかもしれない」

由井はつぶやくように言った。

N中を出てあぜ道をまっすぐ進み、坂道をのぼった。由井には庭で待っていてもらい、座敷の押し入れから毛布を三枚引っ張り出してきた。抱きかかえるようにしておもてへ出ると、庭に由井の姿はなかった。

焦って公園へ視線をやると、ベンチの脇に立っている華奢《きやしゃ》な身体《からだ》が見えた。幸太郎は毛布を重ねてくるくる巻き、自転車の荷台に紐で縛り付けてから由井の方へ歩いて行った。

由井は漆黒の海を眺めていた。

黒い水面に、灯台の光がすうっと伸びている。

白い光の帯は徐々に細く、遠くなって、ゆっくり戻ってくる。そしてまた遠ざかる。

幸太郎に気がつくと、由井は荷台をちらりと見て言った。

「毛布はもういらないよ」

「朝晩はまだ冷える日があろうもん。念のためたい。ほら、帰るぞ。おれは走るけん、おまえがこげ」

「送ってくれなくても大丈夫」

「そういうわけにはいかん」

「ひとりで帰れる」

由井は言って、ハンドルをつかんだ。それから「そういえば」と振り返った。

「昨日届けてくれたお魚はなんていうの？」

「ああ、メバルたい」

「それは煮付けのほうでしょ。メバルももちろんおいしかったけど、お刺身は？　あの、白くて、透きとおってる」

「カワハギ」

「あれ、はじめて食べた。おいしかった」

「そうやろう。でもカワハギは刺身より味噌汁《みそしる》が、うまかっちゃん」

「そうなの？」

「今度持ってっちゃるけん」

うん。由井は前を向き、サドルにまたがった。

「自転車、明日の朝返しにくるね」

爪先が地面につかず一度よろめいて、姿勢を立て直した。それからぎこちなく自転車をこいで、夜のくだり坂に溶けていった。

それが由井と交わした最後の会話になった。白煙を掌でしゅっと握りつぶすみたいに、ある日とつぜん由井は消えてしまった。

スーツ姿の男性が集落をうろつくようになったのはその直後だ。N中の門の脇や港やバス停に立つ黒い彼らは明らかに周囲から浮いて異様だった。由井一家について尋ねられた者もいた。噂《うわさ》は大きな尾ひれをつけて、集落の端から端まで泳ぐように行ったり来たりした。何往復かしたところで人々はその話題に飽き、やがてスーツの男たちも見なくなった。

工場は元通りもぬけの殻に戻った。片づけはほとんど母がした。母の口数はすくなかった。幸太郎は布団など重くかさ張るものだけ運んだ。

スポーツバッグには貸した本がそのまま全部入っていた。一番上に『小さき者へ』がある。

「律儀《りちぎ》なやつ」幸太郎はひとり笑った。「持っていけばよかとに」

がらんとした工場で幸太郎は、その本を手に取ってひらいた。はじめて読む小説だったが一気にその世界に引きずり込まれた。

有島武郎が父親としてわが子に語りかける言葉たち。それが由井の胸には、いったいどんなふうに染《し》み込んだのだろう。

「十分人世は淋しい」

小説の終盤、有島武郎はそう書いていた。

「私はお前たちを愛した。そして永遠に愛する。それはお前たちから親としての報酬を受けるためにいうのではない。お前たちを愛する事を教えてくれたお前たちに私の要求するものは、ただ私の感謝を受取って貰《もら》いたいという事だけだ。お前たちが一人前に育ち上った時、私は死んでいるかも知れない。一生懸命に働いているかも知れない。老衰して物の役に立たないようになっているかも知れない。然《しか》し何《いず》れの場合にしろ、お前たちの助けなければならないものは私ではない」

有島武郎の言葉は、いつの間にか由井の父親の声になっている。

「力強く勇ましく私を振り捨てて人生に乗り出して行くがいい」

聞いたこともない由井の父親の声が、むかし母を励ましてくれたという彼の声が、鼓舞するように幸太郎の耳元で響く。

「行け。勇んで。小さき者よ」

最後の荷物を積んで高台の家へ戻る途中、遠くから淡いちいさな光が近づいてくるのに気がついた。幸太郎は自転車を止めて目をこらした。

一匹の蛍だった。

その光はふわふわと幸太郎の前を通り、後方へゆっくりと流れていった。

幸太郎は蛍を見つめ続けた。光など見えなくなってからもずっと。

それからしばらくは、自転車に乗るたびうしろでゆれる由井の重みを思い出した。それはずいぶん長いあいだ、感覚として残っていた。

高校を卒業すると、幸太郎は大学に進んだ。念願だった都会へ出て、準大手のゼネコンに就職した。

あまり帰省することはなかったが、社会人になって三年目の夏のボーナスで両親を海外旅行につれていった。といってもお隣の韓国だから、高速船でほんのひと眠りしているあいだに着く。はずだったが天候が不安定な日で、もうだめかもしれないと思うほど船は大きく揺れた。嘔吐《おうと》し続ける父の背中を、母が笑いながらさすっていたのを憶えている。

海の真ん中で、巨大なコンテナ船とすれ違った。

その船を仰ぎ見ながら思い出したのは、あのちいさな少女のことだった。

玄関で電話を使った日。とつぜん現れた母に動揺して幸太郎はフックを押した。けれどよく考えてみれば由井は、母に知られたくないだなんてひとことも言わなかった。自分が勝手に判断してごまかしただけだ。あの場で由井は、ほんとうはどうしたかったのだろう。

遠ざかっていくコンテナ船を眺めながら、幸太郎は考え続けた。

あの日、母があれ以上詮索《せんさく》しなかったのは、由井の意思を尊重したからだろう。けれど、もしもあのとき母がもう一歩踏み込んで質問していたら。由井は答えたのではないか。自分の置かれた状況を。望みを。母になら、たすけを求めたかもしれない。

そこまで考えて幸太郎は首を振った。いやちがう。母が訊かなかったせいじゃない。自分がフックを押さなければ。あんな適当な嘘をついて取り繕わなければ。自分たちはもっと由井の力になれたのではないか。壁を作り、そのチャンスを手放してしまったのは自分だ。

電話を切ったときの感触が指先に蘇る。音が耳にこびりつく。

あれから由井は、気持を素直に出せる誰かに、信じられる誰かに、出会えただろうか。

父の背中をさすり続ける母と目が合った。肩をすくめ、困ったように笑っている。

幸太郎は笑い返してまた、海の遠くに目をやった。

由井がどこかで元気にやっているといいと思った。

大きな波にゆられながら幸太郎は、有島武郎の言葉をつぶやいた。

＊

声をかけてきたのはパパと同じ年くらいの、でもパパよりたくましい感じの日に焼けた男の人だった。

「おまえによう似た人ば見たって言いよう人がおったけん、まさかと思って来てみたら」

白い歯を見せて彼は笑った。

それからふっと柔らかく目を細めて、

「よかった、元気そうで。ずっと気になっとったけん」と言った。

それってどういう意味だろう。なんかいやな感じ。

そっぽを向きかけた私の顔を男性の方に向かせて、ママが紹介した。

「河子です。この方は常楽幸太郎さん。常に楽しく幸せな太郎って書くの」

「誰がつけたんですか」

「母ちゃんたい」

安伊子さん。ママがとなりでつぶやいた。胸のあたりがぽっと温かくなるような声だった。

「安伊子さんお元気？　もしよかったらこれからご挨拶《あいさつ》に伺いたいんだけど」

「母ちゃんは死んだ」

「え？」

さみしそうに笑って幸太郎さんは言った。

「急に倒れて病気が見つかって、それからあっという間に」

見上げた安伊子さんは遺影の中でほほ笑んでいた。まっすぐ私を見つめて、何事かを語り掛けてくれているようでもあり、ただ祝福してくれているようにも思える。

線香に火をつけ、手を合わせた。

ママがあなたにお礼を言いたいと言っていました。何があったか詳しくは知りませんけど、その節はお世話になりました。きっとママのことだから言葉が足りなくて迷惑をかけたことと思います。本当にありがとうございました。

母ちゃんは、と幸太郎さんが言った。

「あの子なら大丈夫ってよう言うとった。おまえがおらんごとなってから、何回も」

ママの喉《のど》が上下に動くのが見えた。

ママはずいぶん長い時間、目をつぶって手を合わせていた。そんなママを幸太郎さんはじっと見ていたが、とつぜんハッとし急ぎ足で仏間を出ていった。

目をあけたママといっしょに玄関へ行くと、幸太郎さんが倉庫から出てくるところだった。

倉庫の手前には工務店があり、看板に幸太郎さんの名前が記してあった。あの人はここで建築士として働いているらしい。あの人の建てた家に住んだら、なんだか平和な気持になれそうな気がする。

近づいてくる彼の手には、輪ゴムでまとめられた封筒の束があった。白が二通、うすい水色が一通。どれも角がとれて黄ばんでいる。

「私書箱の鍵《かぎ》の返却をうちの母ちゃんが頼まれたっちゃろ？　それで最後に確認したらこれが入っとったって」

「いろいろごめん」

「いや、こっちこそずっと渡せんで。おふくろさんからいっぺん電話ばもらったとき、これの話すればよかったっちゃけど、うちの母ちゃんがうっかりしとって。悪かったなあ」

「何を言ってるの。連絡先も教えなかったんだから当たり前でしょう。迷惑かけたね」

「なんが」

「何から何まで。とつぜん来て、何も言わずにいなくなって。ほんとうにごめんなさい」

「はっきり言っとくけどなあ」

あきれたような声で言って、幸太郎さんはママをまっすぐ見た。

「迷惑なんかかっとらんよ。ぜんぜん。いっこも」

ママは黙って見つめ返す。

「むしろ、なんもできんかったと思っとう」

幸太郎さんは静かに言い添えて、封筒を差し出した。

本当は、とママが言った。

「大人を信じるのはもうやめたって、思ってたの」

「いつ？」

「中学のとき。でも」ママは封筒を受け取って、幸太郎さんを見た。「安伊子さんに会ってはじめて、信じていい大人もいるんだって思った」

幸太郎さんがうなずき、ママは手の中に視線をやった。

一通一通、何気ない様子で見ていく。

その目が水色の封筒に落ちたとき。

ママの顔色がさっと変わった。息を止めて裏返し、差出人の名前を見る。

黒目が一度、大きくゆれた。

びっくりした。こんなママ、見たことがない。ただひたすらに戸惑うその表情は、教室の女の子たちみたいに未熟だ。いったいどうしちゃったんだろう。幸太郎さんもママの顔をじっと見ている。

「これが、どうしてここに？」ふるえる声でママはやっと訊いた。「住所、教えてないのに」

「おれはなんも知らん。たぶん母ちゃんが」

「そう」

「中は誰も見とらんぞ」

「そんなことするなんて思ってない」

ママは落ち着きを取り戻すようにゆっくり息を吐くと、ありがとうと言って封筒をバッグにしまった。そして大切そうに、バッグの上からそっと押さえた。

「今度は蛍の季節に来いよ。カワハギの味噌汁も作っちゃるけん」

幸太郎さんは安伊子さんによく似た目で、私たちに笑いかけた。

「次はお父さんもいっしょに」

幸太郎さんが私に紙袋を差し出してきた。頭を下げて受け取り中を覗《のぞ》くと、立派な魚の干物や瓶詰の大粒ウニや塩つきワカメが入っていた。この集落の匂いだ、と思った。

「あれから、大きな船は見たか」

「見たよ」

ママがにっこり答えると、幸太郎さんは心の底からうれしそうに笑った。輝くようなまぶしい笑顔だった。

ふたりの笑う顔を交互に見ながら私は、ママがお礼を言いたかったのはきっと安伊子さんだけじゃなかったんだ、と思った。

私たちはならんでゆっくり石の階段をおりた。それからバスに乗って、集落を離れた。


「パパとはじめて会ったときの印象？」

がらがらに空いたバスの中でママは首をかしげた。

「はじめて会ったのがいつか、よく憶えてないな」

パパが聞いたら愕然《がくぜん》とするようなことをママはさらりと言った。

「大学のときでしょ？　写真で見たことがあるよ」

そこには今よりふっくらした顔のパパとママがいた。正確には、ママのそばにいつもパパが写り込んでいた。

大勢の若者が笑っている中で一人すっとした表情のママを、すこし離れたところからパパが見ている。

こういう顔今でもするな、と私は思う。数人でいて何か笑うようなことがあると、パパは必ずママを見る。本人はさりげなく見ているつもりだろうけど、そこにいるすべての人にばれている。たぶんママの笑う顔が見たいのだろう。ちゃんと笑っているかどうか気になるのだろう。

この写真のときと、今のママでは、笑い方がすこし変わったような気がする。どういう風にかはうまく説明できないけど。

「気づいたらいて、それが不快じゃなかったの」

「不快ではないって、ずいぶん消極的な褒め方だよね」

「そうかな。威圧感が皆無でいっしょにいて息がしやすいなと思った」

「じゃあこの人いいなって思ったのはいつ？」

すこし考えてから、ママは答えた。

「食器を割ってしまったとき」

友だちのアパートで鍋《なべ》をしていて、ママは食器洗いの最中に取り皿を割ってしまったらしい。音を聞きつけてパパが飛んできた。「けがしなかった？」「あっ血が出てる！　痛い？　大丈夫？」「あとは僕がやるから由井さん座ってて」パパはせわしなく言ってママをその場から安全に離れさせ、指を消毒し絆創膏《ばんそうこう》を巻いてくれたのだという。

パパがママの世話を焼いているその光景は、笑ってしまうくらい簡単に思い浮かべることができた。パパは今でもそうするから。大丈夫よと笑ってママが手早く片づけてしまうことも多いけど。

「その後わたしが何度似たようなことをしても、いつも怒らないで優しく片づけてくれた」

「それってふつうのことなんじゃないの」

「わたしが子どものころは、怒られるのがふつうだったから。優しさに慣れるまでは毎回固まってしまって動けなかった」

「えっ、ママ、お皿割ったくらいで怒られてたの？」

「うん」

「けがをしても？」

「むしろけがをするくらい」

けがをするくらい？　意味がよくわからない。

「じゃあ子どものとき、ママの手当は誰がしてくれてたの」

私がそう尋ねるとママは、思いもよらないことを訊かれたといわんばかりに目をみはった。

それから、遠い過去の記憶をたどるように窓の外に視線を飛ばした。

沖から伸びる桟橋に釣り人が立ち、糸を垂らしている。おだやかな波がいくつもの光を載せて、ゆらゆら漂う。

「いい質問だね」

こちらを向いたママは、いつもの落ち着いた顔つきに戻っている。

ママはしずかに言った。

「そういえば、誰もいなかったね」

つきあうようになったのは大学を卒業してからなのだとママは話してくれた。

パパはママをいろんなところへ連れて行った。ふたりともまだ貧乏だったから、青春18きっぷや夜行バスや安いレンタカーを利用して、日本中のきれいな景色をいっぱい見た。

その風景の一部は、私も知っている。パパが撮った写真がアルバムに貼《は》り付けてあるから。

宗谷《そうや》岬の風力発電。曼珠沙華《まんじゅしゃげ》が真っ赤に咲き乱れる林。深い緑の渓谷にかけられた長い吊《つ》り橋。そしてあの、水面が鏡のようにうつくしいダム。

そのすべてにママが写っていた。

今回のふたり旅で私は、ダム以外にもそのいくつかを自分の目で見ることができた。パパとママが大切にしている景色。その場所に立つと、とても不思議な感覚に抱かれた。

はじめて訪れる場所なのに、知っている風景。知っているというより、知られている。見守られている。なにか温かなものに包まれるような、くすぐったい心持がした。

それらはパパとママだけでなく、私にとっても大切な場所になった。バスの窓を流れていく海を眺めながら私は、ママと見た景色を絵に描いてみたいと思った。

「夜の石油コンビナートを見にいったときには、山道でドリフトする若者たちに煽《あお》られたのよ」

ママは思い出すように笑って言った。

「うわー、パパ焦《あせ》っただろうね」

「真っ青になって汗をかきながら、自分のペースを守ってまっすぐ前を見て運転してた」

パパらしい、と笑えた。ママは言った。

「この人とならどこにだって行けると思った」

家族をつくろう。

だからママは決めたのだ。

「わたしは流れを変える人になる。この人となら、変えられる。そう思った」

ママがそう言ったとき、蘇る光景があった。

ハンドルを握るパパと、ドアノブを握るパパが重なった。

あれは小学校の卒業間近だったと思う。夜、塾から帰ると、仕事帰りのパパが玄関ドアのノブを握りじっとうつむいていた。

「なにやってんの」

声をかけたらパパは、「おわっ」と飛びのいた。

「具合でも悪いの」

尋ねるとパパの顔いっぱいに笑みが広がっていった。

「河子、パパの心配をしてくれるのか」

「さっさと中入ったら」

「入ろう、入ろう。ただいまー！」

パパは満面の笑みでドアをひいて私を先に入れた。

室内からは温かいごはんの湯気。おかえり、と近づいてくるママの足音。

あのときはただ意味不明と思うだけだったけど、今になって考えてみればあれは、気持を切り替えていたんじゃないだろうか。

仕事で何かつらいことがあって、それを家に持ち込まないように、家族を巻き込まないようにしていたんじゃないだろうか。

窓を開けると心地よい風が吹き抜けた。

旅館に泊まるのは今回の旅では初だ。きのう畳を入れ替えたばかりだというその和室は、い草が濃く香り、身体中の空気が入れ替わっていくような心地がした。幸太郎さんの家のお座敷もこんな清々《すがすが》しい匂いだった。

遺影の中でほほ笑んでいた安伊子さんのやわらかい表情を思い出す。

「ロビーの横にお土産屋さんがあったね」

大きめの声で言ったけど応答はなかった。

振り返るとママは、座椅子《ざいす》にもたれてぼんやりしている。

「ママ?」

「ごめん、何か言った?」

「お、み、や、げ。見に行ってみようよ」

そうね、とほほ笑んでママはまた遠くを見た。だめだ。完全に上の空だ。

夕食の時間になって、豪勢な魚料理が運ばれてきた。

いつものようにママは煮魚の目玉を食べた。河子も食べたらと薦められたけど遠慮した。こんなグロテスクなものを咀嚼《そしゃく》するなんてママの気が知れない。

「そろそろ帰ろっか」

夕食後、敷いてもらった布団《ふとん》に大の字に寝転んで言うと、ママの顔がほころんだのがわかった。

「どうして急にそう思ったの」

「パパもいい加減さみしがってるだろうし。仕事から帰ってきたときに誰もいない真っ暗な家にただいまって入ってる姿を想像すると、なんかあわれに思えてくるよ」

「そんな言い方」ママは笑って、露天風呂《ぶろ》へ行く仕度を始める。

「それにこのチケットも、そろそろ利用最終日だし」

私は青春18きっぷをひらひら振って見せた。ママは笑顔でうなずいた。

「温泉、ひのき風呂だって。河子いっしょに行かない？」

「私は観《み》たいテレビがあるから。ママ先に入ってて」

私は平然を装《よそお》って、ママの目を見ずに答えた。

ママが行ってしまうと、ガバッと上体を起こしてママの鞄《かばん》に飛びついた。

あのときのママは明らかにおかしかった。あんなに動揺しているママを見たのは初めてだった。

「ママごめん」

謝りながら私はうす水色の封筒を引っ張り出した。心臓が激しく鳴っている。息がどんどん速くなっていく。

破いてしまわないよう糊《のり》をそっと剝《は》がそうとしたら、すでにひらいた形跡があった。いつのまに？　ずっといっしょにいたのに。どちらかがトイレに入ったときだろうか。隠れて読むなんて、ますます怪しい。

「ママごめん」

もう一度謝って、私は手紙をひらいた。

はっと胸を衝《つ》かれた。
目に飛び込んできたのは、男の人の文字だった。右上がりのていねいな、薄い筆跡。
呼吸するのも忘れて、私は夢中で読んだ。何度も目を走らせた。
「パパごめん」
暗記するくらい読んでから、慎重にたたんで、深く息を吐いた。
パパには内緒にしておこう。絶対泣いちゃうから。
手紙を封筒にしまい、鞄の中の元の場所に戻した。そしてまた布団に大の字になる。
「はあ〜」
ママはあの手紙をどうするだろう。すてるかな。取っておいたらちょっといやだな。
あのころ彼氏はいなかったって言ったのに。
私がすてちゃおうかな。
手を伸ばしかけて、ぱっと引っ込める。
いくらなんでもすてるのはさすがにまずいだろう。ママがどうするか、見届けたいし。
宙に浮いた手でスマホをつかんでパパの番号を表示した。呼び出し音が鳴りはじめる。

パパが出たら言おう。ありがとう。ごめんね。パパは一生懸命働いて私を育ててくれてるんだよね。子どもを育てるってきっと大変なんだと思う。やりたくないことをやらなきゃいけないことも、あるんだよね。私にはまだよくわからないけど、とにかく、私はパパの娘で幸せだよ。

いや、いくらなんでもそこまでは言えないか。

「もっしー！　どうした河子」

陽気な声に脱力する。やっぱり無理だ。うっとうしい。

「河子の方から電話してくるなんてめずらしいな。パパが恋しくなったのかー？」

私はうんざりしながらも、どこか満たされた気持でパパの声を耳に入れる。

パパのうしろがやけにがらんとして、一人でどんな気持でいたのか想像したらやっぱりちょっとかわいそうになったからかもしれない。

パパは相変わらずぺらぺらしゃべっている。面倒くさいような、でもほっとするような。パパの声を聴いているとねむくなってくる。

ママの鞄を見つめながら私は、あの手紙を書いた男の人は今どうしているのだろうと考えはじめる。

由井へ
久しぶり。やっと由井に手紙が書ける。

いいニュースがあります。教習所を決めました。

前に話したT教習所。西国分寺駅から送迎バスが出るんだって。

早すぎるって由井は笑うだろうけど、十八歳になる誕生日の二か月前から通えるらしいので、あとすこしです。ドライブできる日を楽しみにがんばります。いろんなところに行こうな。

それから来月、引っ越すことになりました。といってもそんなに遠くではないんだけど。新しい住所を書いておくので手紙をください。

できたら電話がほしい。由井の声が聴きたい。二十一時以降なら確実に家にいる。

桐原
追伸、常楽さんという女性に電話のお礼を伝えてください。

封筒の中には、星がひとつ入っていた。

行け。勇んで。小さき者よ。——解説

窪　美　澄

当たり前のことだが、デビュー作というのは一生に一回しか書けない。

出版不況、本が売れない、という悲壮な声に抗《あらが》うようにして、作品がなんとか一冊の本になり、書店で売られるという出来事の喜びは、やはりデビュー作がいちばん強いのではないだろうか。

デビュー作には、小説家がそれまでの人生で感じてきた感情の堆積《たいせき》、顔も見えない読者に向かって伝えたい何か、呼び名すらつけられないけれど、文章を紡《つむ》ぐのだ、という、噴出し続ける思い、そんなものが濃縮ジュースのように詰まっている。

二〇一六年に第十五回「女による女のためのR-18文学賞」で読者賞を受賞された一木けいさんのデビュー作、『1ミリの後悔もない、はずがない』を読んで、そんなことをまず感じた。

ご存じの方も多いだろうが、R-18文学賞の募集原稿は四〇〇字詰め原稿用紙三〇

〜五〇枚という短編の賞である。つまり、受賞しただけでは一冊の本にはならない。受賞作を長編にしたり、連作短編にしたりして、一冊分の原稿を受賞後も書き続けなければならない。受賞しました、本になりました、今日から小説家ですね、おめでとう！　とならないのが、この賞のすばらしき厳しさでもある。伴走してくれる編集者との出会いの運、原稿を書き続けられる環境の有無、モチベーションの維持……さまざまなハードルを乗り越えて、こうして一冊の本になったことに、まず、おめでとうございます、と心からお伝えしたい。

『1ミリの後悔もない、はずがない』は、五編の作品による連作短編である。

一作目「西国《にしこく》疾走少女」に登場する「わたし」（由井）は、「事情あり」の中学生である。母と妹と三人で暮らす。父とは共に暮らしていない。父自身の事情は、物語が進むにつれ、明らかにされる。

由井は経済的に困窮している。貧しい子どもの物語でもある。私が自分のデビュー作で、同じような状況に置かれた高校生を描いたとき、「こんな子どもが今の日本にいるものか」という感想をもらい、心底、驚いたことがある。二〇一〇年のことだ。「こんな子どもはいない」と今でも言えるだろうか。読み手の方に見えていないものを可視化すること。小説にはそんな役割もあると思う。

苦しい日々を送っていても恋は生まれる。由井と桐原との出会いと別れは物語全体を牽引《けんいん》する出来事として瑞々《みずみず》しく描かれ、登場人物を変えて物語は進んでいく。潮目が変わるのは、由井の夫が登場する「潮時」から。由井も友人たちも大人になり、それぞれの人生を歩いている。由井の夫も「事情あり」の子どもだ。そうした二人が、新しい家庭を築いていく様子が描かれる最後の一編、「千波万波《せんばばんば》」という作品は、一木けいさんが、これからもずっと書き続けることができる作家であるということを、はっきりと見せつけた作品でもあると思う。

『1ミリの後悔もない、はずがない』の背景に流れているのは、由井の、ふがいない父への思いである。不可解な父、自分をこんな目に遭わせる父への怒り、憎しみ。けれど、人生は続く。不可解な父と同じ、親という立場に立ったとき、子ども時代の記憶の色彩がどう変わっていくのか。

「わたしは流れを変える人になる。」

由井が娘に対して口にする言葉は、未来に向けての力強い宣言だ。

そして、高校生だった由井を支える幸太郎の存在感がいい。誰かに損なわれてしまった何かを、別の誰かが何かで埋めてくれる。書いてしまえば、何でもないことのように思えるが、それを物語として読ませる、ということは、力のある書き手でなければばできないことだ。

由井が読む有島武郎《ありしまたけお》の「小さき者へ」の言葉でこの文章を終わらせたいと思う。デビューをした一木さんへ、私へ、そしてまだ見ぬ書き手に向けて。

「小さき者よ。不幸なそして同時に幸福なお前たちの父と母との祝福を胸にしめて人の世の旅に登れ。前途は遠い。そして暗い。然《しか》し恐れてはならぬ。恐れない者の前に道は開ける。

行け。勇んで。小さき者よ。」

（「波」平成三十年二月号より再録、作家）

この作品は平成三十年一月新潮社より刊行された。

1ミリの後《こう》悔《かい》もない、はずがない

新潮文庫 い－136－1

令和二年六月一日発行
令和三年四月二十日四刷

著者 一《いち》木《き》けい

発行者 佐藤隆信
発行所 株式会社 新潮社
郵便番号 一六二―八七一一
東京都新宿区矢来町七一
電話 編集部(〇三)三二六六―五四四〇
読者係(〇三)三二六六―五一一一
https://www.shinchosha.co.jp

価格はカバーに表示してあります。
乱丁・落丁本は、ご面倒ですが小社読者係宛ご送付ください。送料小社負担にてお取替えいたします。

印刷・大日本印刷株式会社 製本・株式会社大進堂

ISBN978-4-10-102121-8 C0193